# かえる宮殿

秋月夕香　中谷和美

てらいんく

# かえる宮殿

昔、昔のお話です。イギリスに近い、とある国の物語《ものがたり》です。

フイリップ王国と、リチャード王国はとなり合わせにありました。

フイリップ王国の庭には、たくさんのかえるがすんでいて、かえるが魔法《まほう》を使うといううわさでした。

かえるは王様の若いころから、夢にまで出てくるということでした。

一方リチャード王国は王様が大変戦争が好《す》きで、わがままな王妃《おうひ》と三人の姫《ひめ》がおりました。

この二国はあまり仲良しではありませんでした。

二国は中世のお城を象徴《しょうちょう》するような、森や湖、池がとても美しい国でした。

フイリップ王国は、王様とかえるだけがお話できるというのです。

「わたしがまだ皇太子のころだ。かえるが夢に出てきて言うんじゃよ。わたしがかえるの言うことを聞くと必ず何事もうまくいくんじゃ……不思議に。だれでも疑いたくなるだろうがまあ、聞いてくれ！

　私の父王がなくなられるときも、かえるが予言した。そのころからずっと続いておるんじゃ」

王は毎日王妃や召使《めしつかい》に、このことをじまんするのです。

ところが、この王と王妃のあいだには七年にもなるのに、まだ子どもにめぐまれず、それがケンカの原因にもなっていました。

二人きりになると王は、イライラして王妃にあたりちらすのでした。

「私の後継者《こうけいしゃ》がいない。これはまことにつらいことである。役人や国民にまで心配をかけいろいろ言われておる。……どうしたものか！」

「はい……」王妃《おうひ》もこればかりはどうすることもできず、ただうなだれるばかりで、言う言葉もなく、悲しい気持ちになりました。

その夜、思いあまった王はかえるに相談しようと、みながねしずまったころこっそりとぬけだして、裏庭の池に一人でいきました。

月明かりに池が照らされ、鏡のように光っています。

静かな池のほとりはかえるのなき声以外には何もきこえません。

王はじっとたたずんだまま、待ちました。

するとかえるが集まってきました。王はそこに座ると、一ぴきのひときわ大きなボスかえるが近づきました。

手をさしのべるとピョーンと王の手に乗り移ります。

「これは、王様。ごきげんうるわしゅうございます。今日はどうなされたのですか？」

このかえるは百年の魔法《まほう》を持つカエルで、人間ともお話ができるのでした。

百年間は魔法を使える（実際は百年ではなく、長く続く福運という意味です）のですが、それがいつ力がなくなるのかはだれにもわからないのです。

「元気そうだな、ははは」

「お久しぶりのおよびで……でもちゃんとわかっておりますよ、王様。お子様のことでしょう？」

「そうだ。よくわかるなあ。それで名案はあるのか？」

「はい。それは……養子をおもらいなさい」

「何、養子だと？」

「そうするとお妃様《きさきさま》にもきっと変化があらわれます」

「それも考えてみたが……。やはりそれがいいのか……」

「一つだけ忠告《ちゅうこく》です。その養子はかわいがりなさい。でも、かわいがらないと大変なことになりますよ。そしてこれはお妃以外だれにもいってはなりません」

王はやはり……と思いました。けれどもお妃に変化が起きるとはどういうことなのか。養子をかわいがるというのは当然ではないのか。と思いました。が、今までかえるの言葉がうそだったこともないので、信じることにしました。

「ふーむ、妃とケンカしているより解決が早いかもしれんな」

王がうなずくとかえるは早々に引き上げてしまいました。

次の朝、王は朝食をとりながら、何げなくお妃に告げました。

「夕べのことだが。かえるがきてのう。こう告げてくれた。それは養子をもらうとよいとな。条件が一つあって養子はかわいがりなさいということじゃ。メアリー、わたしの一存では決められない。どうだろうか……」

「はい、王様、そう思われるなら反対はしません。わたしに子どもがさずからないのですから」

王妃《おうひ》は反対できる立場《たちば》でもないのです。

王妃は王とちがってかえるがとてもきらいでした。（このヌルヌルとした気持ちの悪い生き物……かえるに命令されたように、王様は養子をおもらいなさる……。まことになさけないこと）

王妃の思いとはうらはらに、この話は極秘にすすめられました。

「養子をもらって育てると、メアリーにも変化があるはずとかえるはいうんだが……」

「わたしに、ですか？　まさか、わたしにも赤ちゃんがさずかるとでもいうのですか？　かえるのいうことですよ！」

王妃は反論しました。

「いやいや、気を悪くせんでくれ、わたしにもわからんが……」

「もし、仮にそうなるとややこしいことになりますよ。女の子ならいいけれど男の子なら、王様どうなさいます？」

「そのときは国を二つにわける」

「なんですって！　なんとひどいことを……国を二分するなんて、国民はかわいそうです」

王妃はなげきました。二人でその日はいつまでも考えこんでいました。

二人は永遠に子どもにめぐまれないのも、つらくさみしいことなので結局、養子をむかえるという結論になりました。

☆　☆　☆　☆　☆　　　　☆　☆　☆　☆

そのころ、この国の、とある町はずれに近い小さな家に、男の子が今生まれようとしていました。

よれよれの服を着た貧しい身なりの夫婦《ふうふ》と、一人の老婆《ろうば》がいて、妊婦《にんぷ》は汗《あせ》を流してくるしんでいました。

夫婦は昔、大金持ちの伯爵《はくしゃく》という高い地位の、娘《むすめ》と息子《むすこ》でしたが、父の反対をおしきって結《けっ》婚《こん》したため、今はまともに職もなくその日かせぎで貧乏《びんぼう》のどん底でした。

主人のジョセフは、鼻すじのとおった気品のある美男子でしたが、貧乏暮らしですっかりもとの影《かげ》もなく、ふつうのやせた男になっていました。

一方、奥《おく》さんのアンナは美人で、だれからもすかれる良家の娘だったのですが、かけおちしてからの生活で疲《つか》れきっておりました。

産婆《さんば》のナンシーは、昔はこの国の宮殿《きゅうでん》の赤ちゃんを、残らず全部取り上げたというじまんの腕《うで》でしたが。今は娘にまかせて気ままなくらしをしておりましたが、この夫婦にたのまれて昨夜からここに来ているのでした。

「おまえ、しっかりするんだよ！」と主人は、はげましました。

汗《あせ》をながして苦しむアンナのそばでナンシーばあさんは、今赤ん坊を取り上げようとしていました。

主人のジョセフに命令します。

「さあ、早くお湯をいれて、バスの中のお湯はあつすぎてもいけないよ！　ぬるま湯もだめだ。それからしばらくここには入ってはいけないよ！」

ジョセフはおろおろしながら、いそいでお湯と水をとりにいきます。

そまつな台所で、それでも一生懸命《いっしょうけんめい》バスにお湯を注いだそのとき、おぎゃあおぎゃあ！と元気な赤子の声がしました。

（はっ、生まれたぞ！）

赤子の声を聞くと、ますます落ち着かないジョセフですが、とりあえずはほっとしました。

赤ん坊の声が小さな家にひびきわたります。

「ああ、ようがんばった、奥《おく》さん、玉のような男の子ですよ！」

若いころからとても上手だったナンシーは、赤子を片手《かたて》に手際《てぎわ》よく作業をこなしています。

ジョセフはうろうろしながらいつ呼んでくれるのかと、そわそわとしています。心の中は喜びでいっぱいでした。

アンナはしかし、喜びばかりにひたってはおれません。涙《なみだ》を流しています。（生まれたのはとてもうれしい。……でも……）その涙はこれからのことを考えると、つらい貧しい生活が待っているので、不安でいっぱいなのです。

ナンシーはそんな心を知ってか、知らずか、独り言のように無事を喜んでいました。「ああよかった、よかった、本当に久しぶりに男の子をとりあげて、無事生まれてきてくれて……めでたい、めでたい！」

赤ちゃんをバスにつけて、やがて落ち着いたころナンシーは母親のアンナにそっと耳打ちしました。

「わかっておるよ。お前さんの涙《なみだ》は。暮らしが大変なこともね」

ナンシーは、何もかも分かっているというやさしいまなざしで、アンナを見つめます。

「ところではっきりというとね、養子にもらいたいと相談があったんじゃ。十日以内ならわたしが仲をとりもってやろう。

なんとかこの子を幸せになれるように、計らってやろう。王様はきっとお喜びだ。貧しい百《ひゃく》姓《しょう》の子とちがってお前さんも良家の娘《むすめ》、だんなさんも、もとは伯爵《はくしゃく》の息子《むすこ》だ。申し分ない。どうだね。この話。ゆっくり二人で考えるんだ。返事は十日後でいい。

アンナはびっくりしました。よく考えると、こんなに貧しい暮らしを息子にさせるのもしのびない。初めてさずかったわが子を人の手に……。それも王様の養子に……。

アンナは泣き続けるわが子を横にして、いつまでもねむれないまま考え続けていました。生活のことを考えるとあまりにも貧しいのでした。

ジョセフも同じ考えでした。手放したくはない。かわいい息子《むすこ》……。

そして、何日か過ぎた宮殿《きゅうでん》のある日のことです。

「きゃあ！」ものすごい悲鳴がひびきわたりました。

かえるぎらいの王妃《おうひ》が部屋に入ると……。養子に来た息子の部屋はかえるでいっぱいなのでした！

かえるたちは自分たちの意見が取り入れられて、喜びを表すために歓迎《かんげい》しているのでした。息子のベッドまで……かえるがいっぱいで王妃は卒倒《そっとう》しかけていました。

そこに王が入ってきて王妃にいいました。

「息子を歓迎してくれているんだよ。おまえはかえるのどこが気に入らないのか。何も悪いことはしない。かわいいもんさ。

さっ、かえる君悪いがね、あのとおり妃《きさき》はとてもいやがっている。池に帰ってはくれぬか……」

かえるはそれを聞くと、一ぴき、二ひきと窓からはなれて池に帰りました。

「おっ、おそろしや……。わたし、今度のようなことが起きると息子の部屋にも入れませんわ！」

妃は冷たくいったものの、一目ぐらいは見ておかないと、と小さなベッドに近づきました。

「まあ、かわいい赤ちゃん！」

「ははは、気に入ってくれてよかった。さあ、明日はお祝いをしよう。国民にも喜んでもらおう。そして名前を考えよう」

鼻すじが通っていて、目もはっきりとした品のある顔は、もうわが子だと親しみを持ち、じまんに思いました。

王や、王妃《おうひ》にはどこの子であることなどを、いっさい話されませんでした。

赤ん坊はハーリーと名づけられ、大切にこの国の王子として育てられました。

国民は、王子が養子であることで、とても大騒《おおさわ》ぎをおこして騒いだりしておりました。

パン屋も、洗濯屋《せんたくや》も、肉屋もみな人の集まる所はこのうわさで持ちきりでした。

「お妃様《きさきさま》が子どもをお生みにならないので、王様はしびれを切らしておもらいになったとか……」

「そうよ、こんな話は今までに一度も聞いたこともないわ。それも、これもかえるのお告げらしいよ」

いつの間に知れたのか国民はなぜか知っていたのでした。

「へえ？　かえるのねぇ？」

「しょうがない王様だな。かえるの言うことを聞くなんて信じられないよ」

「うん、となりの国に、はずかしくて言えんな」

人々はお祝いしながらも好《す》きかってなことをいうのでした。

一方アンナは王国の片隅《かたすみ》にいたため、おなかの大きかったことや、子どもの泣き声がしないことなど、だれ一人知らずうわさになることはありませんでした。

国民がいろいろとうわさ話に明け暮れていても、ハーリーは日に日に大きく成長していきました。妃《きさき》のメアリーも愛くるしいかわいい笑顔《えがお》のハーリーが、かわいくなってきました。

今まで、子どもといえば、泣きわめく、ぐらいにしか思っていなかったメアリーは少し変わりました。

だっこしたり、乳母《うば》に任せずに遊んであげたり、お手伝いの人に指図《さしず》したりと、たいくつな今までとはちがう生活になりました。

そして、ハーリーが来たとき以来、かえるも来なくなって、メアリーもほっとしていたのでした。

王は、かえるの集団を見ただけで、たおれそうになる王妃《おうひ》に、どうしたらいいものかとなやんでいました。

日ごとにかわいくなるハーリーを、たいそうかわいがっていました。

三年はあっという間に過ぎてしまいました。

ハーリーは青い瞳《ひとみ》に、少しちぢれた金髪《きんぱつ》で、顔はりりしく、すべての人に多くを期待されて育ちました。

そのころからメアリーのようすが、いつもとちがうことに王は気づいていました。

王宮の行事にもたびたび欠席したり、ふさぎこんだり体の調子が悪いようなのでした。

ハーリーの育児も女官にまかせっきりで、あまり参加しません。

王も心配なのでこの国一番の、名医を呼び寄せました。

診察にあたった先生は、王に告げました。

「これは、王様、お妃様《きさきさま》はご病気ではありませんな。おめでたです」

「何？　今なんというた？」

「おめでたです。と申しました」

「……！！！」王は目を丸くしておどろいたのでした。

「では、わたしはこれで失礼を……いい先生をご紹介《しょうかい》いたしますので」

医者が帰ってからも王は、しばらく頭が真っ白で、ものもいえない状態でした。

それは喜びであり、今までに聞いたどんな言葉よりも、いちばんいい知らせなのに、あまりにもとつぜんでした。

王はかえるの言葉など、忘れてしまっていたのでした。

そしてもし男の子が生まれたら……と複雑な気持ちでもありました。

王は一人、静かな中庭を歩きながら、〝おめでた〟の言葉をなっとくするのに時間がかかっていました。

（それにしても、かえるの言葉がこのように、本当になるなんて不思議だ。これがいいことだからいいが、もし悪いことをいわれたら、そしてそれが本当になったら……）

と不安をかくせませんでした。

そして、ハーリー王子が四歳《さい》の誕生日をむかえたころには、王妃《おうひ》メアリーには、女の子が生まれたのでした。

王は喜び、前よりもいっそうはでにお祝いし、国民にも祝ってくれるようにと伝えました。

愛くるしい瞳《ひとみ》、かわいい口元、それはメアリーそっくりの美しい顔立ちで、王は、娘《むすめ》がかわいくてしかたがありませんでした。

今までいろいろとかまってくれたのに、ハーリーは、今だれにもかまってもらえなくなりました。女官でさえ「姫様《ひめさま》！　姫様」と王宮をかけめぐります。

ハーリーは本当にさびしい気持ちでした。そのため近ごろは少しイタズラをするようになりました。

あるとき、王宮の馬車にかくれてしまい、大騒《おおさわ》ぎになりました。

というのは、それを知らない御者《ぎょしゃ》が、用事のために街にでかけてしまったからです。

そうとは知らない御者は、のんびりといつものように、街の中を回っていました。

そのとき、ふと御者は荷台に何か動く物を発見して、いそいで馬車をとめました。「おや……？」

と、そのとき街の知り合いの人が御者《ぎょしゃ》に声をかけました。

「おい、どうしたのだ、今ごろ！」

「やーこんにちは。いやぁ」でも目は荷台のほうを見ていると……。

金髪《きんぱつ》の子どもです。

子どもはあっという間に降りてしまい、走りだしてしまいました。

御者は一瞬《いっしゅん》、もしかすれば王子様ではないかと、おどろきあわてて知り合いとも話さずに馬から降り馬車をとめました。

「いや、たしかに金髪の王子様だ。これはえらいことに……どうしてここにおられるのだろう」

馬車をおくとあわててかけだしたのですが、少し太っているためなかなか追いつきません。

そのうち見えなくなってしまいました。さあ、大変です。

大急ぎで宮殿《きゅうでん》に帰らなくては。しかられるだけではすまないかも……。

御者と王子の差はずんずんとはなれていきます。

そのうちに王子の姿を見失ってしまいました。「ま、待ってください、おねがいです！」その言葉はむなしく、もう完全に見えませんでした。

はぁはぁと息を切らす御者を尻目《しりめ》に、王子は無我夢中で街の中をかけました。

そしてハーリーもまた、息がきれそうではぁはぁといっていますが、もう御者は追ってこないとわかると、一軒《けん》の家の馬小屋に腰《こし》をおろし、少し休みました。

それは偶然《ぐうぜん》にもアンナの住む母親のいる家でした。

物音をききつけたアンナは「だれ？　だれなの？」と馬小屋のほうへといきました。

すると……。金髪《きんぱつ》の小さい男の子が、たっていました。最初はだれかは分かりませんでした。

じっと見ると、年齢《ねんれい》といい、金髪といい、それによく見るとジョセフによくにているではありませんか！

もしかして……。

母の感でこの髪の毛、年齢、それに父親そっくりの顔、もしかして五年前に別れた息子《むすこ》ではないか！　そう、あのときは十日間しか息子を見てはいない……でも金髪のジョセフそっくりの顔であった……。

アンナはとっさにそう思いました。

「ねえ、ぼくはだれ？」

「ぼくの名前？　みんなはハーリーってよんでいるよ」

「やっぱり……。王子様？」

「そうだよ」

ハーリーはすなおにはっきりといいました。

「どうしてここに？」

「馬車にのってきたの。お城ではぼくのことをちっともかまってくれないの……」

「ああ、まちがいなくわが子」とアンナは涙《なみだ》が出そうになりました。でもここで自分が母であることをいえないのです。

夢にまで見たわが子が今目の前に……。でも今は王子様、だきしめて母と名乗ることもできません。

アンナはじっとかなしみをこらえました。どうしてここにくることになったのか、運命のいたずらにしてはあまりにも、切ない思いがかけめぐりました。

家には二年後に生まれたハーリーの弟アレンが遊んでいます。

でも弟よ、とも紹介《しょうかい》もできないし。しかし、このまま、というわけにもいかないのでとりあえず、部屋に案内しました。

すると、不思議なことにこの二人は目があっただけで、すぐに遊びだしました。言葉もかわさないのに。

二人はニコニコと楽しそうに遊び始めました。

（神様、この罪深いわたしは一体どうすればいいのでしょうか）アンナはしばらくなすすべもなく二人を見つめていました。

でもこの事実がわかったら大変です。これは自分から宮殿《きゅうでん》に出向いて、王様の前で説明をするより、ほかに方法があるのでしょうか。

一方宮殿では大騒《おおさわ》ぎになり、みなですみからすみまでさがしていました。

広い宮殿《きゅうでん》ですからそれは時間がかかります。物置《ものおき》から、開《あ》かずの間から女官やおつきの人、執事《しつじ》の部屋まで残らずさがしても見あたりません。

「王様、ネズミの穴まで調べましたがおられません。あとは宮殿の馬車がまだ帰ってきませんが……。まさか……」

「何？　馬車と？　フーム分からんな。だれかさがしてまいれ！」

「はい、王様！」

そういうわけで今まだ帰らない馬車をさがすために、執事はみずから馬に乗って街にでたのでした。

馬車の御者《ぎょしゃ》は王子をさがすために、一軒《けん》一軒をたずねてまわっているのでした。

ハーリーのいる貧しい家は、馬小屋が表にあるため、その奥《おく》は少し分かりにくくそこだけ飛ばしているのでした。

そして御者も、もうくたくたになりました。

陽《ひ》はだんだんと暮れてきて、御者は呆然《ぼうぜん》として足を止めたそのときでした。

一頭の馬が近寄りピタリと御者の前に止まりました。

「ん？　これは、王宮の執事、ベーターさんでは？」

「何をしておる、もう王子様は見つかったか？」

「いいえ、このとおりで……」

「やはりこの馬車にのっておられたか」

「おりてどこかにいかれまして……」

「しかたがない。とりあえず宮殿《きゅうでん》にもどって軍隊の出動だ！」

「ぐ、軍隊を？」

「そうだ。こんなに広いのに一人や二人でさがしてもわからんだろうが！」

「王様に合わせる顔が……」御者《ぎょしゃ》は真っ青でした
そのころ、ハーリーと実の弟は兄弟とも知らず、夢中であそんでいました。

アンナはひきさくのはしのびないので、じっと見守っていました。

心の中ではどうにかしなくては……と必死になっていい考えはないものかと思案していました。

そのうち「ただいま」と声がしてジョセフが帰宅しました。

いつもの声がすると、アレンは遊びをやめてジョセフのもとへ飛びつきます。

「お帰り、パパ！」

「ただいま、今日もいい子にしていたか？」

「うん。今日はハーリーがきているよ！」

かわいい息子《むすこ》が指差す方には、金髪《きんぱつ》の見なれない男の子がすわっています。

「ハーリー君？　……まさか王子様といっしょの名前？」

ジョセフの顔色が変わりました。そして後ろにいたアンナの顔を見ました。アンナはうなずいているではありませんか。

「そうなのです。この近くまで馬車でこられて、偶然《ぐうぜん》に家に入ってこられたのです」

「大変だ、すぐにお送りしなければ……」

そのときハーリーの瞳《ひとみ》はくもりました。

「いやだ！　ここにいる！」

「ここはあなたのような王子様のいる場所ではありません。さあ、宮殿《きゅうでん》にもどりましょう！」

「いやだったらいやだ！」

ハーリーは駄々《だだ》っ子《こ》のように泣きわめいています。

ジョセフもわが子と気がついて、複雑な気持ちでした。でもこのままというわけにはいきません。

今は王子となって我が家の息子《むすこ》ではないのです。

ジョセフも決心しました。

自宅には馬はいても馬車はないので、近所で借りてきました。

そしていやがるハーリーを乗せると宮殿にかえすべく、自分も馬車に乗りました。

ハーリーの瞳《ひとみ》は、まっすぐにアンナを見つめています。

アンナは涙《なみだ》を見せてはいけないと、必死にこらえています。

真正面からハーリーの目を見ることができませんでした。ただ心の中でさよならをいうだけでした。

「ではいってきます」ジョセフがアンナに軽くあいさつをして、すぐに馬車をだしました。

とおざかるわが子……アンナの心ははりさけそうでした。

「ママ、どうしたの？」涙《なみだ》を見たアレンはむじゃきに問いかけます。

そのころ王宮では、今まさに軍隊が整列している真っ最中でした。

「みなのもの！　王宮の王子が街に出られて、行方《ゆくえ》がわからない。王子にもしかのことがあるとわたしも妃《きさき》も大変後悔《こうかい》することになる。この街のすみからすみまでさがしてもらいたい。ぜひおねがいする」

王は兵隊に訓示しました。

とそのときです。

「王様、大変でございます！」

「どうかしたか」

「はい、ジョセフという男がまいりまして、王子様をお返しに……と」

「えっ、王子が帰ってきたのか！」

王はジョセフのくわしいいきさつも何も、産婆《さんば》のナンシーから聞いていないので知りません。

けれどもとにかく帰ってきてくれたのなら一目会わなければ。

「早くここへくるように！」

一方御者《ぎょしゃ》も一軒《けん》一軒さがし歩いてきましたが、もうヘトヘトになりました。

それでいったんあきらめて王宮に帰ることにしました。

（きっと王様はお怒《いか》りになるであろうな……。わたしの責任は重い……）

うなだれて元気もない御者がやっと王宮に着いたのはちょうど、ジョセフがハーリー王子を連れてきて王に引《ひ》き渡《わた》し帰るころでした。

御者もさっそく報告をしなければなりません。

王にとりついでもらうと、王は意外にもニコニコしているのでますます不安《ふあん》になりました。

「王様、ご承知のとおり、王子様はまだ見つかりません。かってに遊ばれたとはいえ、わたしの責任は重いと……」

「心配したが、王子は帰った。わたしにも馬車に乗るということは分からなかったであろう、気にするな」

「帰られた？　え、本当に？」

御者は内心ホッとしました。王様の怒りにもふれず、しかも王子は帰ってきたというのですから。

（どうして帰られたのか？）と疑問も残る中、王宮の中庭には金髪《きんぱつ》のハーリーが、何事もなかったように執事《しつじ》相手に遊んでいました。

（やれやれ、命がちぢまるよ！）

王妃《おうひ》は赤ちゃんをあやしながら「ひとさわがせなお兄ちゃんですね」と語りかけていました。

王は軍隊の撤退《てったい》を命じていました。

「王子は帰られたぞ。もうさがす必要はない」

ジョセフはそのころ、とぼとぼと家路を急いでいました。

（なんということだ！　自分の子どもでありながら、帰さなければならないのも……このぼくがいけないいんだ……！）

アンナは（無事に帰られたかしら……）とひたすらジョセフの帰りを待ちわびていました。

「ただいま」ジョセフは元気なく帰ってきました。

「お帰りなさい……」アンナも言葉少なくむかえました。

むじゃきに遊ぶアレンだけが、まだ何かを分かっていないのでした。

「……元気に大きくなってくれて、今では王子様だ。まあ、これは喜ばしいことなのかもしれない……」

「そうですね。あのとき、生活がとても苦しかったから、どうすることもできなかったから……」アンナは後悔《こうかい》の涙《なみだ》を流していました。

「涙を流すのはよそう。ぼくがわるかったんだ！」

「いいえ、わたしも責任があります」

「またいつか会えるさ。あまり悲しまないで……。アレンは何も知らないんだから、ママが明るくふるまわないと、かわいそうだよ」

ジョセフは精一杯《せいいっぱい》アンナをなぐさめます。同じ空の下でハーリーはきっと幸せなのだと自分に言い聞かせて。

ハーリーはあの日から、ジョセフの家に偶然《ぐうぜん》行ったことが、忘れられなくなってしまいました。

(やさしそうなおばさん、気の合いそうな小さい子、そうそうアレンっていったっけ。そして少し暗い感じはしていたあの家のパパ……)

周りのみなは、あれから少しは気を使ってくれています。

継母《けいぼ》の王妃《おうひ》メアリーもほうりっぱなしにして、自分の子ばかりだったことを少しは悔《く》いていました。

「ね、ハーリーはお兄ちゃん王子ですよ。この子は女の子だからお姫様《ひめさま》よ。だからやさしくしてあげてね」

二人を前にしてメアリーは、同じようにあつかわなければ、と思っていました。

そして平穏《へいおん》な日々はしばらく続きました。

ハーリーも二度と宮殿《きゅうでん》の外へは出るまいと思いました。でもいつまでもというわけにもいきません。

王はその年の秋になると狩《かり》のために、王子を街のはずれの、大きな湖と森のあるところに連れていきました。

王はこの日、久しぶりの狩でした。それではりきっています。

ハーリーにも教えたいとも思っていました。

「これ！　ハーリーいいか見ておるのだぞ！」

「はい、王様」

はじめはマジメに見ていたハーリーも、時が立つとだんだんたいくつになってきました。

そのうちすっかり夢中になった王を残して、またハーリーはどこかに出かけてしまいました。

執事《しつじ》やおつきの人たちも、王が懸命《けんめい》に獲物《えもの》をとり、着いていくことにみな必死になりました。

ふっと気がつくと、またハーリーがいつの間にかいないではありませんか！

「大変です。王様、王子様が……」

「な、なんとまたか？　早くさがせ！」

「は、はい！」

そばには美しい湖がひろがっています。

王子は一人、鼻歌など歌いながら歩いていくと……。いつの間にか広い公園のようなところに出ました。

ちらほらと人々が遊んでいます。

家族づれが楽しそうに遊んでいるので、ハーリーはうらやましくなりました。

自分はいつだって、何かにしばられているような気さえしたのです。

（みないいなぁ。ぼくも自由に遊びたい！）

大人の人が多い宮殿《きゅうでん》の生活は、ハーリーにとってはたまらなくたいくつなものでした。冒険《ぼうけん》もできない、いつも大人の言うことを聞いている生活に、少しだけ不満もありました。一人になると気分がすうっとして爽快《そうかい》なのです。このままどこまでも歩いていきたい、ハーリーはドンドン歩きます。

ハーリーが歩いていると、横からドンと何かにつきあたりました。それはちいさな男の子でした。

「あっ、ごめん！」とその顔を見てまたおどろきました。

「あっ！　君は……アレンくん？」

「えっ？」

ハーリーはそのとき、おどろいて足をふみはずしてしまいました。

ちょうど湖にいちばん近いところには、柵《さく》も何もなかったのです。

ああっ、といっている間にすべって、湖に落ちてしまったのです。さあ、大変！

アレンは大声できゃあ、助けて、とさけびました。

するとだれかが走ってきました。

「パパ、大変、はやく助けてあげて！」

すぐにアレンのパパ、ジョセフは服をぬぐと、ドボンと湖に飛び込《とこ》みました。

出会ったのは、偶然《ぐうぜん》にも公園に遊ぶジョセフ一家だったのでした。

もがくハーリーをジョセフは助けました。そのうちアンナもかけつけてずぶぬれのハーリーをねかせて水をはかせました。

気がついたハーリーは、またその顔を見ておどろきました。

夢に見ていた、なぜかなつかしい顔だったからです。

でもなつかしい顔はすぐに消えてしまい、ハーリーは苦しそうに水をはいていました。

「ママ、近くには必ずだれかがいるはず、さがしてきてくれないか」

「はい！」

アンナはハーリーの来た方向へと走りだしました。

(病院に連れていかなくては！) 一生懸命精一杯《いっしょうけんめいせいいっぱい》走りました。すると、向こうから一人の男が馬に乗ってきました。

それで大きな声で助けを呼びました。

その人は、ハーリーのことをさがしている王宮の人でした。

「助けてください、王子様が湖に落ちられました！　この先です！」

「な、なんと!? 落ちられたと、分かった！」

というわけで王子はすぐに、大きな病院に連れていかれました。残された家族と、周囲の人はただ呆然《ぼうぜん》と見守っているだけでした。

ハーリーは病院で手当を受けて、回復し、じきに宮殿《きゅうでん》に帰りました。

そしてだれが助けたかということになって、名乗ることもできないジョセフの近くにいた人が通報して、ジョセフ一家だということがわかりました。

王と王妃《おうひ》は、この家族を王宮に招きました。

ハーリーは何も知らないのに、弟のアレンと一生懸命《いっしょうけんめい》遊び、時がたつのを忘れていましたが、……。楽しい時間もあっという間に過ぎてしまいました。

「ジョセフさんにアンナさん、本当によく助けてくれました。それにしてもだれもいなかったらどうなっているかと思うと……」王妃も感謝の言葉をのべました。

「これからも王宮に遊びに来てはくれんか。あのように仲良く遊んでいる友達は初めてだ。ハーリーのあんなに楽しそうな姿は見たことがない」

二人は複雑でした。王様は本当のことをご存じではない……兄弟だから当然といえば当然なのに。ジョセフは返事ができませんでした。

この国の片隅《かたすみ》で、ジョセフのことを知っているナンシーは近ごろ、たびたびうわさに聞くハーリーのこと（弟がうまれたこと）を何とかせねばと思いました。

王には何も告げてないので、このままややこしい話にでもなったら、ナンシーは困るからです。

あのとき、養子の話はいっさいどこのだれかもきかなかったけれど、アレンが生まれたとき、ナンシーは言うべきだとなやみましたが、いまだにだれにもいってないからです。

もちろん、ハーリーのおぼれた話や王宮にいったことなど、ことこまかによく知っている人もいました。それがいつの間にかナンシーの耳に入ったということです。

とうとう王の前で、話すことを決めて王宮に向かいました。

「おう、久しぶりじゃのう」

「はい、あれ以来でございます。今日は王様に申し上げたいことがございまして……」

「じつはハーリー王子様のことで……」

ナンシーはみんな話そうとしていたのに、そのときとつぜん心の中で（いわないほうがいい）という声がしました。

「なんだね」

「あっ、いいえ、あれっ、かえるが……！」

そういう方角を見るとなんとかえるがいっぱい、部屋へ入ってくるではありませんか！

「ああ、おどろかなくてよい。このかえるは王宮の庭に住む、いいかえるじゃからな」

そしてそのとたん、ナンシーは自分がなにをいいにきたのかを忘れてしまいました。（あれっ、わたしはもうボケ始めてしまったのかね？）

「かわいいかえるじゃ。いっしょに遊んでいきなさい。今日はいい天気じゃからの。よく来てくれた、ナンシー」

王様も楽しそうに、かえるを手の上に乗せて、話しかけていました。

そのころジョセフ一家の近くで、見知らぬ人がこっそりジョセフのことを調べていました。身なりもきちんとした紳士《しんし》ですし、あやしい影《かげ》などはありませんでした。けれども近所で聞《き》き込《こ》みをするなどしていましたから、近所の人はアンナにこっそり忠告しました。

アンナも少しもこのことの意味がわかりませんでした。

だれかに見られて調べられているなんて……。何も悪いこともしていないのに。

それでジョセフにも相談しました。でもジョセフにも訳がわからないことでした。

ある日のこと。その紳士はとつぜん家に入ってきました。

「わたしはジョセフさんのお父上からのお使いです。悪いですがいろいろと調べさせてもらいました」

「名前は何とおっしゃるのですか？」アンナはきつい言葉でいいました。

「ああ、わたしはジョセフ様のお父上の秘書です。名乗るほどの者ではありません。奥様《おくさま》でいらっしゃいますね」

「……」

「ジョセフさんは？　まだお帰りではないのですか？」

「お帰りください！　わたしたちには何の用もありません」

「これはこれは、おいかりでいらっしゃいますか……」

アンナはこれ以上この秘書と話したくないので、ドアを閉めてとなりの部屋にこもりました。

「お待ちになるのはかってですけど、わたしはこれ以上あなたにおつきあいをする気持ちはございません」

(今ごろになって一体何だというのでしょう……。何があってもわたしたちの結婚《けっこん》を反対した人は許せない！)アンナはもうれつにそのときのことを、思い出しているのでした。

しばらくするとジョセフが帰ってきました。

ジョセフが帰ると、家族にあいさつもしないうちに秘書は何かを話していました。

「いやぁしばらくです、ジョセフ様、いきなり……なんですが、取り急ぎ用事ができましたもので。お父上がご病気で大変な状態です。ぜひお見舞いに来てくださるようにとおおせつかって。

いいにくいことですが、はっきりいって財産問題もありまして、もし万が一おいでにならないと、お家の一大事ですぞ。妹さんのほうにみんないくけれど、それでもいいのですか？　今日は返事を頂かないと帰れません」

「何？　それはとつぜんだ。基本的《きほんてき》にぼくは、はずしてもらってけっこうなんだが」

こともなげにすずしい顔でいうジョセフに、秘書はあわてています。

「な、なんと、お待ちください。それはやはりジョセフ様が長男であられるためにここはなんとかあなた様やご家族のためにも……このとおりお願いします。父上様も反省《はんせい》しておられるようですし……」

「父が反省しようとしまいとぼくは家を出るとき、ちかったのだ。帰ってくれ！　わたしは今さら家には帰れない」

ジョセフは一瞬《いっしゅん》考えました。（ここは家族のためにぼくが折れて帰ったほうがいいのか。けれども、ハーリーのことはなんていうのだ。

父はあのとおりの堅物《かたぶつ》だから、長男は養子にいっています、なんてことになると活火山がまた爆発《ばくはつ》して命とりになりかねない。そうでなくても危篤《きとく》とかいっているのに。で、ハーリーはいまさらどうすることもできないし、アレンのためにもお金はあったほうがいい。しかし、ぼくは必ず二人のために働いてしあわせにするぞ！　父の世話にならなくてもいい。自分でやる！）

と決心を新たにしました。秘書は秘書でどうしても息子《むすこ》を口説《くど》いて、連れ帰るようにいわれていますので、二人はいつまでもイタチごっこを、くりかえしていました。

アンナもこの秘書には、言葉さえかわすのがいやなのです。時間がたってすっかり暗くなってしまったので言いました。

「さあ、もう夕食の時間ではありませんか。おなかも空いてきたし、よかったらごはんをたべてください」あんなに冷たいアンナが、秘書に夕食をすすめました。

「いやありがとうございます。でも外で食事をしてきます」

秘書は遠慮《えんりょ》していうと
「だめです。ここは外食するところもないくらい、田舎《いなか》なのです。それとも一キロぐらい歩きますか？　夜の食事はぬきますか？」

「……」秘書は結局アンナの好意《こうい》でごちそうになることになりました。腹がへってはいくさができぬ、と判断したからでした。

みなは最初気まずいふんいきだったのですが、アンナは気を利《き》かして、いろいろと問いかけたりしました。そのうちきっと本音も聞けるかもしれない、と思ったからでした。

「それでお父上はどんな状態なのでしょう？」

「はい、もう直らない病と診断《しんだん》されて半年たちます。ご自分でも直らないかもしれないということを、お察しになっておられます。今は食事もあまり……だからやせておいでになります。早く息子《むすこ》が帰らぬかと……一日も早くとおおせです。自分も少しは折れなければならないとも。だからきっとお二人のことはお許しになろうかと……」

秘書はやはり最後に本音《ほんね》を語りました。

「うーんそうか……。それでは行かねばなるまい。アンナ、お前はどうする？」

食事も終わり、一段落ついてみなは本音《ほんね》で話しあっていました。事態は深刻だからです。

「はい、いきます。お父上様の一大事だというのに、意地をはってはいられません」

アンナはきっぱりといいました。

「よくいってくれた。アンナ、父上も喜んでくれるだろう。これで文句の一つも出るようであれば、ぼくは考える」

「あなた……」ジョセフの暖かい思いやりの言葉が、アンナの唯一《ゆいいつ》のなぐさめでした。今までつらいことばかりを言われて、がまんしていたからです。

「はぁ、さすがジョセフさんの息子《むすこ》さん！　こんなこともあろうかと一台馬車を用意しております。少しお待ちください。そしてこれからすぐにまいりましょう。わたしが馬車の用意をする間に、みなさんも用意してください」

秘書はある場所に馬車をあずけていたのです。そしていよいよいくことになりました。

ジョセフの実家についたのはもう明け方でした。

アレンは深いねむりについていたのに、起こされてごきげん斜《なな》めでした。

三人はガタゴトゆれる馬車の中では、一睡《いっすい》もできません。

大きな屋敷《やしき》の中に案内されると、改めてジョセフの父の偉大さがよくわかりました。

アンナは肖像画《しょうぞうが》や壁《かべ》一面の大きさの、絨毯《じゅうたん》が貼《は》り付《つ》けられた模様を眺《なが》めました。それはこの家の歴史そのものを、ものがたっているようでした。

ジョセフはなつかしい我が家に、久しぶりに帰ったのです。

「ようこそ！」でむかえてくれたのは母でした。苦労が多かったせいか看病が長かったせいか、やつれていました。

「お母様、ジョセフの妻アンナです。息子のアレンです。はじめまして」

今が初対面なのでした。

「お母さん、しばらくです。どうですか、父上の具合《ぐあい》は……」

「それが、とても悪いのです……ジョセフ、あなたの帰りをひたすら待っておられたのです。今すぐにでも会ってあげて！」

母は父の寝室《しんしつ》に案内しました。何もかも昔と変わらない部屋に、父はやせおとろえていました。ジョセフは深い悲しみでいっぱいでした。

「あなた、息子《むすこ》が帰りましたよ」

うとうととしていた父はすぐに目覚めて、なつかしい息子の顔を見ました。

「本当か？　本当に帰ったか、待っていたぞ」

「父上！」ジョセフは何も言葉が出てきませんでした。

「早くよくなってください！」

「だめだ、もう、おそい……母さんのことはたのむ……」

「そんな……」

これがあの強い父なのかと、ジョセフはおどろいていました。

父はアンナにもあって結婚《けっこん》は許されました。

しかしその日の夜、急に容態が悪くなって、とうとう永久のねむりについてしまったのでした。母はジョセフに、この家に帰るように望みました。

ジョセフは決心しますがアンナは反対でした。この家にくれば絶対ハーリーには会えないからです。

もしかしてハーリーが、この前のようにこないともかぎらないし、自分たちの家のことをさがす（さがすわけもないのに）ようなことがあれば……。と思うのでした。

ジョセフにとっては失った地位や家柄《いえがら》、財産、そして思い出、など一度に多くのものが帰るチャンスなのでした。

ハーリーのことはしかたがないとしても、アレンにもふつうの父親として接することができるし、それにふさわしい教育も受けさせられる、と考えたからです。

なんとかアンナが賛成してくれればいいのですが、ジョセフはまた難問をかかえてしまいました。

一方かえる宮殿《きゅうでん》では—。

ハーリーも元気いっぱいに育ち、妹君のアプリコット姫《ひめ》とともに日々遊び、帝王学《ていおうがく》なるものも学んで、王様も大変ごきげんのいい日が続いていました。

ハーリーは玄関《げんかん》のない、馬小屋の小さな家を時々、ふと思いだしていました。

(もう一度会いたい！　もう一度行きたい！)と思うのでした。

けれどもそんな願いはかなうはずもなく、月日はいたずらに進んでいくばかりでした。

五歳《さい》だったハーリーも十二歳に、妹の姫《ひめ》は八歳になりました。

ハーリーはいつの間にか、自分が養子であることを知ってしまいました。

(本当の親がいる？　一体だれが……)とこのことをいつか父王に、問いただしたいとなやむ日々が続いていました。

ある日のこと、宮殿《きゅうでん》の池で父王を見つけて、ハーリーは思い切ってこのことをいってみることにしました。

「父王様、ハーリーです」

「おう、ハーリーか。もう勉強はすんだか？　立派な次の王となるために、しっかりと勉強をしておくことは大切だ」

「はい。王宮家庭教師も帰られました」

二人が何げない話をしている間に、かえるは次から次へと池から上がってきて、二人をとりかこみました。

ハーリーはかえるは好《す》きなので、ニコニコして見守っていました。

一ぴきのかえるが王のさしだす手に、ピョーンと飛び乗ります。

それはボスがえるでした。

「久しぶりじゃのう」

「はい王様、ごきげんうるわしゅうございます。今日はまたハーリー王子様とごいっしょで……。わたしとのお約束をまもっていただき、本当に幸せになられお喜び申し上げます！」

「うんうん、」王はニコニコうなずいてハーリーを見ました。

「これハーリー、もっと近くにきなさい」

「はい、王様」

「このかえるがのう、お前の生まれる前からのわたしたちの味方《みかた》じゃ」

「はぁ？」

と、そこでかえるがハーリーにも語りはじめたのです。

「王子様。わたしたちはただのかえるではありません。王子様の生まれる前から……そうです。ふかいえにしがあって、遠い過去にぼくは王子様に助けられたのです。それでやっとめぐり合えた今、王子様には幸せになってもらいたいのです。それでこのかえる宮殿《きゅうでん》に招きました。もちろん、王様も同じです」

「……？」

ハーリーはいきなりかえるに話しかけられ、自分が言うべき言葉を忘れてしまいました。

「ぼくは、百年間の魔法《まほう》の力を与《あた》えられた不思議なかえるです。百年というのは、何も百年間という意味ではありません。自由自在の福運という意味です。王様はすなおにぼくの言うことを聞いてくださいます。だから幸せになられました。王子様はぼくを信用しようと疑おうとかまいません。かってです。でも少なくともうそではないのです。今後ともよろしく！」

「かえるがおしゃべりする！　それだけで十分おどろきだよ！　こちらこそよろしく！」

ハーリーが生まれてから、かえるとおしゃべりするのは初めてでした。

生まれたときは部屋まで歓迎《かんげい》にきていたのですが、ハーリーはまだ赤ちゃんだったから……あのとき以来です。

ハーリーはどうしていいかはわかりませんが、とりあえず気をとりなおして握手《あくしゅ》をすべく手をさしだしました。かえるは小さい手をハーリー王子の手にす早くタッチしました。

ハーリーは、十五歳《さい》になると、いよいよ王子から皇太子になるのです。

そんなある日。

乗馬もうまくなり、だれにもひけをとらないくらい、りっぱに成長していました。

そしてこれも偶然《ぐうぜん》、街に一人でいくチャンスがめぐってきました。

以前からとても気になっていた、昔見た馬小屋をさがしていました。

街はずれの小さい路地に入り（あ、ここだ！）ハーリーは見つけてしまいました。

けれども馬はもちろんいなくて、家はボロボロでだれも住んでいそうにもありません。一体どうしたのか……。

ジョセフはあれからしばらくは住んでいましたが、アンナの反対をおしきって母のいる実家にかえったのでした。

(どうして……？　なぜ？　せっかくぼくがきたのに、どうしてだれもいないの？)

ハーリーは愕然《がくぜん》と肩《かた》をおとしました。けれどもなすべきこともなく、帰ろうとしたときでした。一人の身なりはよいけれど、よぼよぼと歩く一人の老婆《ろうば》に出会いました。

「どうしたのぼうや！　何かさがしているのかい？」

「はい、ここの馬小屋の裏に住んでいた人をたずねてきたのですが……」

「ああ？　そうかい。ここの人はね」老婆はゆっくりと話を始めました。

夫婦《ふうふ》は父方のほうの実家へ引っ越したこと、もともと伯爵《はくしゃく》の家柄《いえがら》だったこと、父母に結婚《けっこん》を反対されて、この家で貧しい暮らしをしていたこと、生まれた長男は王家の跡取《あとと》りにもらわれていったこと、そして今はここにいないこと……！！

ハーリーはわが耳をうたがいました。そしてまさか自分が……と思いました。この人は産婆のナンシーだったのです。

そうするとあの人は自分の母親ではないか……。アレンはぼくの弟、そしていつか宮殿《きゅうでん》まで送ってくれた人が父ではないのか？

ナンシーは、もう歳《とし》を取《と》りすぎて夢の中にいる人でした。現実も目の前のハーリーがだれだかも分からないのでした。

ハーリーはとても大きな衝撃《しょうげき》を受けていました。頭の中が混乱しています。

それなのに今度はおばあさんが、ふらふらとたおれかかるように、よその家の玄関《げんかん》に腰《こし》をおろしました。

「どうしたのですか？」ハーリーは馬をつないでおばあさんを助けました。

「だいじょうぶですか？　家はどこ？　送ります」

おばあさんは青ざめています。やっとの思いでおばあさんの家に、たどり着くとベッドにねかせました。

ハーリーは初めて他人の家に入り、ドキドキしています。

「それでね、その子は今王子になってるはずよ。幸せになって……」

「おばあさん！　もういわないでゆっくりとして……」

としばらくすると、

ゴトゴトとしてだれかが帰ってきたようです。

(ぼくがここにいたらまずい）ハーリーはまるでどろぼうのように裏口から出ました。

どうやら家族が帰ってきたようすです。

「やれやれ、本当に世話のやける母だこと。ほんとにあんなに元気で仕事をしていた母が……

こんなにぼけてしまうなんて……。わたしは泣くにも泣けないよ……」

「まあ、そういわないで見てやって、お姉さん」

二人はナンシーの子どもでした。いつもどこかに行ってしまう母をさがして、母がねむるまで安心もできない有様でした。

ハーリーは小窓から中のようすを見ていました。

「おや！　母さんがベッドに？」

「うそでしょ、ほんと？」

二人がようやく、母がベッドにねているということに、気がついたのでした。

「どうしたの？　だいじょうぶ？　お母さん」

ハーリーはそれを見届けると、こっそり裏からぬけだしました。

ハーリーは、幼いときからの思い出が、一度にどっとあふれ出しました。

これまでいろいろなことがあったけど、自分もとうとう十五歳《さい》の誕生日をむかえて、皇太子という立場《たちば》になる。皇太子になると公《おおやけ》の立場になるし、そうそう自分のことはしていられないし。今も母の存在や父の立場がわかったとしても、自分ひとりでは何事もきめられないし……

実の母がわかったとしても、会いにもいけない立場でもありました。それは喜びどころか、かえって苦しさを倍にするようなことでした。

しばらくなやんでいるうちにも、ハーリーの誕生日は刻々とせまっていました。

一方、王はある日、かえるに呼ばれていました。

「何か用があるのか？」王はかえるによばれるのは初めてのことです。

「王様、ごきげんうるわしく存じます。お呼び出ししてまことにもうしわけありませんが……ハーリー王子はナンシーにすべてを聞かされてなやんでいます。

本当の父母のことを知ったのです！　王様の力が今必要になりました」

「何っわたしの力が？」

「そうです。わたしの最後のお願いです。

王様の力で王子の生みの父母も、王宮に住めるように、はからってやってください。それよりほかに解決方法がありません」

「そうか……それは……だがわたしは本当のハーリーの親を知らんのだ」

「父母は以前池でおぼれかけたとき、助けてくれた人です。そう王宮にも招いたはずです」

「ああ……あのときの……たしか父親は伯爵家《はくしゃくけ》ということだったな」

「そうです。これだけは約束してください、百年の魔法《まほう》が消えてもわたしのことは忘《わす》れないでください」

「いいとも、きっと宮殿《きゅうでん》に来てもらうように取り計らう。そして君のことを忘れたりはしないよ」

「ありがとうございます。それではもう会えないかもしれません」

かえるはそういって池に帰りました。

王はただおどろき悲しみましたが、それはもうどうすることもできないことでした。

すると向こうから王子が歩いてきました。

「ああ、父王様こんなところでしたか……」

「そうだ、もういよいよお前の誕生日もせまっておる。承知していると思うが、もう一度いう。十五歳《さい》になると皇太子という特別な職になる。他国との友好《ゆうこう》を計ったり、友好国をつくったり社交界にもデビューする。そうだ明日からもうダンスの練習が始まる。よいか、これからはもう、かってな行いはゆるされないぞ。自分の健康にも注意してがんばってもらいたい！」

「はい、王様。心得ました」

「そして、悲しいことにあのかえるがもう魔法《まほう》の力がなくなるそうだ！」

「えっ、魔法の力？」

「いやいやなんでもない。ハーリーには関係のないことだ」

とうとうその日が来てしまいました。

ファンファーレーとともに式がおこなわれます。

大きな広場に国の大事な職にある人など、外国の人たちもまねいて。もちろんジョセフ夫婦《ふうふ》も。歓迎《かんげい》のあいさつから始まり、晴れた空のすばらしい日にふさわしくハーリーは、今日から公《おおやけ》の人になるのです。

ハーリーは少しも晴れがましいことはありませんでした。みな喜んでいるのに。しかしゆううつな顔もできずに、常ににこやかにしていなければなりません。

あいさつが終わると、大きな拍手《はくしゅ》でハーリーがみなの注目をあびます。

この金髪《きんぱつ》の若い皇太子に、みなは期待していました。姿もよく勉学もできて最高の地位につく、将来の国王となる人だからです。

ハーリーはその夢のような光景を、絵空事のように感じていました。

そんなに実感もありませんでした。

ハーリーはジョセフ夫妻とアレンの姿を見ました。

それは近くにいました。招待されるのは当然ですが、言葉を交《か》わす機会はありませんでした。今皇太子となり、その席に座ってすべての式を終わるまで待たなければなりません。

ところが式が終わっても、三人はなかなか帰りませんでした。

夕方の晩餐会《ばんさんかい》にも出席するようすでした。

けれども、晩餐会に招待されるような理由は、ハーリーにとって見当がつきませんでした。

ハーリーは、自分がすべてを知っているということを、今度は表に出すことはできませんでした。まぶしそうに、ただ三人を見つめているのが精一杯《せいいっぱい》でした。

アンナはその視線を感じていました。（今日は妙《みょう》にわたしたちばかり見ているわ……）ですから、わざと自分は視線があわないように、目をそらしていたのです。むじゃきにアレンが母に語りかけても上《うわ》の空でした。

そんな中、ハーリーは休憩《きゅうけい》時間に父王に質問しました。

「父王様、無事式典は終了《しゅうりょう》しました。まことにありがとうございました」

「ふむ、おめでとう、ハーリー、これからは君の時代を切り開くんだ。正しいと思うことはどんどんとやりたまえ。そして皇太子という仕事をまっとうするのだ！」

「はい、……けれどもわたしは思うのです。わたしは単なる養子ではありませんか。このまま、皇太子になってていいものか……どうか……」

「何を言っておる。わたしはの、そんなに心がせまくない。広いつもりじゃ。他国の王のように血筋がどうのこうの、そういうこだわりはない。もとをいえば、この宮殿《きゅうでん》は国民のもの、みなの物じゃないのか。

だからこのまま平和に続いてくれればいうことなど何もない。こだわりはすてよう。お前はわたしたちの子どもだ！」

「はいっ！」ハーリーはこの言葉をしっかりと受け止めました。

「あ、それからジョセフ夫婦《ふうふ》は、この宮殿《きゅうでん》で要職について働いてもらうことにしたよ」

「えっ？」

ハーリーはおどろきました。両親がこの宮殿に……？　そうするとアレンも？

「これはもうこの前に、王の特使としてジョセフ家にはお願いしてあるのだ。今日の晩餐会《ばんさんかい》で特別に紹介《しょうかい》しようと思ってな。

ハーリー、どうかな、これではなれて暮らすこともなかろう」

王は何もかもご存じなのだ……

とそのときでした。王の執事《しつじ》があわててかけこんできました。

「王様、大変でございます！」

「何が起きたのじゃ、そうぞうしい！」

「はい、それが……すぐに王様の部屋におもどりください」

「なぜだ……」

「とにかく喜ぶべきことでございます！」

王は部屋に入りおどろきました。

窓辺にいたのは一羽の鳥です。それは美しい碧《あお》い色をして、ハトよりも少し小さくて、尾《お》は長く形もきれいな鳥です。その鳥はすぐに王の肩《かた》にとまりしゃべったのです！

「王様！　わたしは長い間、百年間もカエルにされていました。今魔法《まほう》が解けて百年前の鳥にもどりました。……王様の父上がお元気のころそのことで、何かお聞きでしょうか」

「うんうん、今思いだした！　そうか、あのかえるは君だったのか……。父からは聞いていた。いつもこの宮殿《きゅうでん》の庭で飛《と》び交《か》う碧い鳥を……確かにきいていたよ！」

「そうです。思い出してくれましたか。わたしは魔法がつかえても自分を鳥にもどすすべはな

かったのです。全部で五羽、わたしたちの春がまたやってきたのです！」

王が窓の外を見ると、同じ鳥が四羽飛んでいるではありませんか！

その中でもしゃべれる鳥はこの一羽だけでした。

この美しい宮殿《きゅうでん》に碧《あお》い鳥たちはお似合いでした。

わが世の春とばかりに飛《と》び交《か》う姿は、まさに平和の象徴《しょうちょう》でした。

ハーリーもやがてそれを知りました。ハーリーにも鳥たちはすぐになれました。

鳥は「むかしぃむかしぃ王様は……」などとおもしろおかしく百年前の話までしてくれるのです。

鳥の言葉でもよく聞き取れるのでした。

だから歴史を勉強する必要もないくらいです。

一方では晩餐会《ばんさんかい》の準備でみなは大《おお》いそがしなのでした。

王宮の特別の畑で採れる野菜、飼育している特別の牛や羊、その夕のごちそうのために他国からもシェフが大勢来ています。

王宮のダイニングキッチンは、広いけれど今は満員状態です。

そしてアンナもジョセフも、今日のために着る衣装《いしょう》とたたかっていました。

ふだんは正装などあまりすることがないからでした。ジョセフは蝶《ちょう》ネクタイがうまくいかずに使用人にわらわれていました。

ジョセフもアンナも、場なれしないので、とにかく必死でみんなに手伝ってもらいながら、やっと正装の準備ができたころはもう汗《あせ》びっしょりでした。夏でもないのに。

お手伝いしてくれる人は、大きな扇子《せんす》であおいではくれますが、しばらく落ち着かないと晩《ばん》餐会《さんかい》にも出られません。

ローブデコルテの品のよいドレスは、王宮からのおくりものでした。

ジョセフにも、とびきりのタキシードと高級ハンカチがおくられました。

アンナの持つ小さくて華《はな》やかな花束が、ハーリーから届きました。

さあこれから用意万端《ばんたん》で王宮の晩餐会の席にいきます。

みんなもしずしずと思い思いの正装で、きらびやかにかざられた広間へと案内されます。

王宮の中はとびきり明かるくされ、何百という燭台《しょくだい》の上にはローソクがともされています。

そんな厳粛《げんしゅく》な王宮に「きゃあ！」という叫《さけ》び声《ごえ》があちこちでおこったのは、すべての用意の整ったころでした。

招待客はみな自分の席について、しずかな音楽も流れていいふんいきなのに、奥《おく》のほうでは大変な騒《さわ》ぎがもちあがっています。

みな心の中で（えっ何あの下品な叫《さけ》びは……）と眉《まゆ》をひそめました。

部屋にいた給仕の人が奥《おく》に見に行くと……

（がぁ！）それは、大騒動《だいそうどう》。かえるがあちこちにいっぱいです！

かえるは跳《と》んではねて、あちこちひっくりかえっているし、メリケンコはひっくりかえっているし。

料理長は頭の上にまで、跳びのったかえるに、どうしたものか、なやんでいるし……。

みんなおかしいのに笑うに笑えないし。ヌルヌルとしたカエルはおなべにもいます。

ハーリーはそれを聞いて仰天《ぎょうてん》です。（大事な晩餐会《ばんさんかい》が……こんなときは落ち着かないと……）

そして考えました。なぜ、かえるの集団がここに来たのか、……。

もしかしたらあの碧《あお》い鳥が知っているかもしれない。今日は碧い鳥はみなの前に、姿が出せないように、一つの大きな部屋に閉《と》じ込《こ》めてあるのです。

ハーリーはその部屋に行きました。広いけれどきっと碧い鳥もきゅうくつにちがいない。でも、王の命令なしに勝手には何もできません。

とにかく、何かがわかるかもしれない。ハーリーはその部屋の窓を開けて入りました。

するといちばん大きなリーダーのしゃべれる鳥が、ハーリーの肩《かた》にとまりました。

「ようこそ！　よくきてくれましたね」

「ねえ、聞いて、大変なんだ。池のかえるがみんなダイニングキッチンに入って大暴れしている。何が原因なのかぼくはわからないんだ！　助けて！」

「えっ、それは……それは。つまり……」碧い鳥は妙《みょう》に言いづらそうです。

「ハーリー皇太子、お願いだ。ぼくたちをここから出してください。

そうしたら必ず、かえるを池にもどしてみせます」

「どうしてこの広い部屋がいやなの？」

「閉塞感《へいさくかん》があって、ぼくたちにはたえられないんだ。かえる君はリーダーがいなくなって、ぼくたちの姿も見えなくなって、パニック状態だし……」

「わかった。王様に交渉《こうしょう》してくるよ。ぼくの一存でここは開けられないんだ」

「かえる君は、こんなに大勢《おおぜい》のお客が来たことが、とても困っているようだし。ぼくたちも自由を奪《うば》われて苦しいし……」

「大事な晩餐会《ばんさんかい》はこのままだと大失敗におわるんだ！　助けてよ、こちらこそお願いするよ！」

ハーリーは大急ぎで王のもとにかけつけました。

王はリチャード国王との歓談中《かんだんちゅう》でした。

ハーリーは急いで王のところへ。でもまずリチャード国の国王にあいさつしなければ。

「これは、これは王様、本日はまことにありがとうございます。ごゆるりと歓談あそばしてください」

と一礼して、今度はフイリップ国王に向かいました。

「王様、お話中、まことに申しわけありませんが、一大事でございます」

「何と……一大事とは何事じゃ？　フムすぐにいく！」

王はハーリーの言葉がうそにも思えないので、隣国《りんごく》の王に言い訳をしてすぐにハーリーの後を追いました。

そこには、王室のダイニングのめちゃめちゃな姿が……王は仰天《ぎょうてん》しました。

「こっ、これは……一体？」

「あの碧《あお》い鳥が……」ハーリーは理由を話しました。

かえるはもう暴走をとめられませんでした。

そのとき、王が席をはずしたので王妃《おうひ》メアリーは不思議に思い、そっと後を追いました。

そして二人が王室のダイニングに入ったので、そっとのぞいてみたのでした。それはまた……王妃にとっての最悪の光景でした。かえるの集団を見ただけでも卒倒《そっとう》するのに、今日の宴《うたげ》のごちそうが台なしに……。王妃はたちまち気を失ってたおれてしまいました。

それを見ていた召使《めしつかい》が大声を張り上げました。

「た、大変でございます！　だれか！」

ハーリーは、すぐに気がつき、かけつけました。

「王妃様！　どうなされましたか？」

王もきました。でもハーリーは一時も早く、碧い鳥のことを、どうにかしなくては……。

「王様お願いです。碧い鳥をはなしてやってください！　そうするとすべてが解決するのです！」

王はあまりにもハーリーが、同じことばかりをいうので、カギをわたしてしまいました。けれどもでも半信半疑だったのです。

ハーリーは急ぎました。(早く碧《あお》い鳥を……)

そして、鍵《かぎ》を開けて鳥たちを自由にしました。

すると……あのしゃべれる鳥が、ハーリーの肩《かた》にとまっていいました。

「皇太子様。ありがとう！　みんな喜んでいますよ！　ところであのダイニングの騒《さわ》ぎですが、ぼくは時間をとめておきますから。王宮の時計をすべて逆にもどしてきてください。それは今の騒《さわ》ぎが起こる前にです。

そうするとこのダイニングも元の風景にもどります」

「えっ？　時間をとめる？　そんなことできるの？……」

「できますとも、さ、一人で、です。早くなさらないと」

「う、うん……!?」

ハーリーはさあ大変です。この王室の一階のすべての時計を逆もどし……です。

あちらも、こちらも……そして裏返してネジをまわすのは容易ではありません。途中《とちゅう》でもうハーリーはあきらめかけました。

(うーんまだまだある……)時計は広い王室のことですからたくさんありました。中にはいちばん大きな中央の大時計もあります。

ハーリーは手がとどかないところもあります。それでハーリーはダイニングの裏にあったハシゴをもって移動しました。

ダイニングをのぞくと、時はとまったまま、王も王妃《おうひ》も料理長も、職人もそのままの姿です！

早くしなければ……！

そして最後にのこった中央の大時計に、ハシゴをかけて上りました。

ギギギ……ともどすと……時はたちまち動きだしたのです。かえるも少しずつ池にかえりはじめました。

時はしずかに動き始めています。ハーリーは急ぎ足でダイニングにもどると、その景色は見事に以前のダイニングです！

料理長も一生懸命腕《いっしょうけんめいうで》をふるっています。あのこぼれた小麦粉《こむぎこ》も見あたりません。かえるはもちろん一ぴきもいません。そしてみなも一生懸命この日のための料理を支度《したく》していました。

（ああ？　よかった！　碧《あお》い鳥は本当にすごい！）

ダイニングの前でたおれていた王妃も、介抱《かいほう》していた王もいません。

大広間にもどると、王はリチャード国王を相手に、楽しそうにわらっています。

そこにはあの碧い鳥が優雅《ゆうが》に舞《ま》っていて、招待客はみんな碧い鳥を、ほめちぎっていました。

「まあ、すばらしい、碧い色の鳥ですこと。わたしのこの碧いダイヤと同じですわ……まあ、あのような鳥がいたらどんなにステキでしょう！」

「こんな鳥はどこにもいませんよ！　わたくしもはじめてですわ」

とりわけご婦人にとても人気があるようなのですが……。

とそのときでした。リチャード王の目に、碧《あお》い鳥が目に留まりたちあがりました。

「おお、なんてすばらしい鳥だ！　わが国にはこんなに美しい鳥はいないぞ。どうすればこんな鳥が手に入るのか聞きたい」

「あははは、王様それは難しいと思います。この鳥はわが国だけのものですし、他国に行くと死んでしまうのです。この鳥はとても不思議な鳥でして、さしあげるわけにもいきません」

（こんなことがあろうかととじこめておいたんだが……）と国王はいっせいの批難も覚悟《かくご》で自分の主張をつらぬくと決心しました。

一人が言い出すと、自分の国もわたしもと、次から次へと、みな碧い鳥を自分のもとにほしいと言い出す始末です。

「オホン！　静粛《せいしゅく》に願いたい。さあ、みな様碧い鳥のことなどあきらめて、今日はハーリーの皇太子即位《そくい》のお祝いです。どうか楽しくいっぱい楽しんでください。さあ、乾杯《かんぱい》！」

王はせきばらいをすると、宴《うたげ》の始まりを乾杯で盛大《せいだい》にしようとしました。できるだけ鳥から話題を避《さ》けたかったのでした。

ハーリーは横にいてそんなことではらはらとしなくてはなりませんでした。

（それよりかえる君はだいじょうぶなのかなぁ……）

けれども乾杯からはじまったらひっきりなしにごちそうが運ばれて、みな息をつく暇《ひま》もないほどのごちそう攻《ぜ》めでした。そのうちすっかりみなは今日の食材の話題に夢中になりました。

遠方から取り寄せたキャビア、フォアグラ、珍《めずら》しい品々は人々を喜ばせました。

そして外国の料理人たちも、じまんの腕《うで》をふるって、みなをあきさせませんでした。

でも究極の食材、それは、なんとかえるの肉でした。エスカルゴよりおいしいと、みなは料理長にきいたところ、かえるだということでした。

ハーリーはなんとなくいやな予感がしました。

(ここはかえる宮殿《きゅうでん》なのに……かえるが……知らなければいいけど……)

宴《うたげ》も進み、もうみなはすっかりいい気分になりました。

そしてあっという間にお客様の帰る時刻になりました。

ハーリーもやれやれうまくいきそうだと、張り切ってあいさつをしました。

でも、それからはお客様たちがすぐに帰るわけではありません。

せっかく王宮にきたので、庭を散策してその後、ティータイムです。

庭の池にはかえるがたくさんいました。

みなほほえましそうに見ていると、そこへ一ぴきのかえるがピョンと出てきて、リチャード国の王妃《おうひ》ソフィーの顔に飛びついたからたまりません。

「きゃぁ!」

さあ、それからはかえるたちはいっせいにハンドバックに入ったり、顔にとびのったり、頭にのったり……と。

とそのときです。ハーリーの妹が、淑女《しゅくじょ》よろしくかわいいいでたちであらわれました。

このかわいい姫《ひめ》の名はアプリコット姫といいます。

姫はみなの注目の的《まと》でした。かえるのことなど忘れてみなが見ています。

が、姫の目にうつったのは気の毒なお客様の姿でした。

そこで「碧《あお》い鳥さーん！」と大きな声で鳥をよびました。

あの美しい鳥は長い尾《お》をゆらゆらとさせながら飛んできて、アプリコット姫の手のひらにまいおりました。

「えっ!?」とそれだけでもみんなの注目は十分でした。それなのに何やらひそひそと鳥にいうと……。

瞬《また》く間にかえるはぞろぞろと、池にかえるではありませんか！

これにはハーリーもおどろきました。

そして碧い鳥はまた飛び立って、姿が見えなくなりました。

「……どうして？　いつの間に碧い鳥さんとなかよしになれたの？」

アプリコット姫のおかげで、事なきを得たハーリーはほっとしました。

お客たちは順番に馬車に乗って、それぞれの国へと無事帰ったのでした。

ハーリーはそれまで実の母や弟がきているのに、話もろくろくできずにいました。みなが帰るとやっと、どこにいるかが分かったから近づいていきました。

そこへ王も小走りに来ていいました。

「ハーリー、これから二次会だ。そこでジョセフ夫妻のことを紹介《しょうかい》しよう。もう少しまっていてくれ。もう親戚《しんせき》や親しい人ばかりだからな！」そういうとジョセフ夫妻を案内して四人でリビングルームにいきました。

(王様はどういう風に紹介《しょうかい》してくれるのかとおもっていたが。やはり忘れてはいなかったようだ)

そういわれたので軽くあいさつをすると、先に気になっていたアプリコット姫《ひめ》のところに向かいました。ピンクのフリルがとてもかわいく、ふわりとした大きなスカートのドレスは大人と同じなので、まるで小さな淑女《しゅくじょ》でした。

かわいい淑女は一人でかえるの池にたたずんでいました。

「アプリコット姫、何してるの。これから二次会があるそうだ。いかない？」

「ええもういくわ」

「さっきはありがとう。ほんとにどうなるかはらはらしたよ。ねえ、いつの間に鳥さんやかえるさんとなかよくなれたの？」

「まあ、秘密よ。だって鳥さんのほうからきてくれたんですもの」

「えっ。秘密？　じゃあしかたがないかな、……」

「あっ」

アプリコット姫《ひめ》の手には一ぴきのかえるがのっていました。

「この子ったら、いっしょに行きたいっていうのよ」

「だめだめ」ハーリーは先ほどのかえるの肉を思い出しました。

「かえるはダメだ。騒動《そうどう》の元だから。ぼくが困るのだよ」

「……そお」アプリコット姫は不満そうでしたが、しかたがないので池にかえるを返しました。

ふたりが到着《とうちゃく》すると二次会は始まりました。

「いちばん先にこのジョセフ夫妻の紹介《しょうかい》をする！」王は落ち着いてみんなにつげました。

あつまっているのは三十人ぐらいでした。みなは王の親戚《しんせき》です。

「今日からこの宮殿《きゅうでん》に住んでもらうことになった。みなもご存じのこの夫妻は実はハーリー皇太子の実の父母でもある」

みんなはあっと、おどろきました。この事実はだれも知らなかったからです。

「それで相談役と、教育役、そしてアンナさんには日常の身辺のお世話などの括役《くりやく》を、していただくことにした。それで意義はありませんか？」

「……」ジョセフもアンナもおどろきました。アンナの目からは涙《なみだ》が。

アンナはいまさらながら、ハーリーといっしょに住めるとは思いませんでした。

ジョセフの母も年々弱って、どうしても一人では住めないのでした。でもせっかくの王宮のお呼びに、義母のことがあり、アンナは難色をしめすと、王は快くいっしょにきなさい、といってくれたので行くことができたのです。

「ありがとうございます！」

ジョセフ夫婦《ふうふ》は、これでハーリーといっしょに住めて、いつもそばでいられるのです。

ハーリーもおどろきました。身近にいられるなんて……。王はハーリーの手をとるとアンナのもとに連れていきました。そして硬い握手《あくしゅ》です。

「おばあさまも別の部屋でお待ちだわ」

「えっ、ボクのおばあさまが……？」

次はジョセフのところにいきました。ジョセフも何もいえないでいました。いろいろな思いがどっとあふれてきたからです。

そのとき、だれからともなく拍手《はくしゅ》がわきおこりました。親戚《しんせき》の人も始めてみんなを受け入れ許してくれたようです。

ハーリーがはやる心をおさえて、次の部屋へいくと、そこにはジョセフの母、つまりハーリーのおばあさんが、籐《とう》のイスに座って厚いショールをひざにかけていました。

「ハーリー！　今日は本当におめでとう……」

「おばあさま!?」

「そうですよ。わたしはね。大きく成長したわね、ハーリーに何もしてあげられないのよ。それでね。一つ思ったのだけれど、わたしは童話を読むのが得意だから、もう大きいハーリーだけど……。わたしの朗読を聴《き》いてくれるかしら？」

「はい、いや、何よりのプレゼントです！　ありがとうございます」

おばあさんのやさしい朗読の声は、ハーリーを暖かくつつみ、拍手《はくしゅ》をしながら、どんな贈《おく》り物《もの》よりもありがたいと思いました。

今まで会えなかった時をとりもどすため、父母にもおばあさんにも弟にもいっぱい話をしなくてはなりません。

今、第一歩が印されたのです。

公務でいそがしくなるけれど、きっと充実《じゅうじつ》した時を送れるかもしれない、と思いました。

ハーリーの長い一日は終わりました。

やれやれとハーリーは、ソファに身を沈《しず》めると、やっと今日の行事が無事おわり今日のつとめをはたした……とほっとしたそのときでした。

何やらごそごそと庭の方から、異常な音が聞こえてきました。

(何？　あの音は……？)

それは何にも例えることができないような音でしたので、ハーリーは少し怖《こわ》いと思いました。

そのままほおっておくわけにも行かないし、すぐにベッドへもぐりこんでもきっと耳ざわりでねられないだろうし。ハーリーの部屋は庭に面していてふだんはいい景色が見られるようになっているのでした。

外に出ると霧《きり》がかかってあたりはしいんとしています。さっきの音は一体……何だったのだろう……。

ガス灯があたりをぼんやりてらし、ハーリーは隅《すみ》から隅まで見渡《みわた》しました。

すると、（えっ！）ハーリーは思わずこけそうになってしまいました。

それはかえるたちがいっせいにある方角を目指して、ピョンピョンとはねているのです。一体どこへ？

かえるの行列はえんえんと続き、どうやら門の向こうまで続いています。

（え、かえる君が出てゆく？　どこへ？）

ハーリーは分かりませんでした。でもこれは一大事です。このかえるがいなくなったらここはかえる宮殿《きゅうでん》ではなくなるのです。

ハーリーはかえるがもうしゃべれないので、碧《あお》い鳥をさがさなくてはなりません。

大急ぎで宮殿にひきかえすと、碧い鳥を一人さがしはじめました。

大きな宮殿で、真夜中に一人ハーリーの足音がコツコツとひびきわたります。

声は出せません。今ころみなねしずまったところなのにしかられます。

コンコン、と軽くノックするとアプリコット姫《ひめ》は出てきました。

「あら？　どうしたのですか？　お兄様」

「姫《ひめ》こそ今ごろ起きて何をしているのですか？」

「ええ、ああ、ちょっと……」

「はぁ？　それって返事ですか？　おや、ここに碧《あお》い鳥が……」

「そうなんですよ。あのぉ」

「どうしたんですかハッキリといってくださいよ」

「あのね。碧い鳥さんは困っているんですって！　かえるさんがおこってどこかへ引《ひ》っ越《こ》しするって！」

「やっぱり……そう。じつはぼくも、かえるさんがぞろぞろ外にいったのでおどろいて……」

そのとき碧い鳥は、やっとハーリーの肩《かた》にとまってくれました。

「ハーリー皇太子、大変ですよ！」

「そのようだね。かえる君が……いったいどこへ……。どうして？」

「それが大変なんですよ。かえる君は実はかえるの肉のことをおこっているわけではないのです」

碧い鳥は、まるでハーリーの心の中を見すかしているようでした。

「ますますわからない……一体どうしたというのか……？」

「それは、大変いいにくいのですがこの平和の国に戦争が起きるのです！」

「戦争？　……まさか」

ハーリーはあまりのとつぜんのことに、アプリコット姫《ひめ》と顔を見あわせました。

「なぜだ？」ハーリーにはとても信じられないことでした。

「だからかえる君は、今から避難《ひなん》するんだって……」

「……？」ハーリーも姫もあまりにとっぴょうしもないこの言葉に、唖然《あぜん》としていました。

どうして戦争が起きるか、という気もありました。で、もしも戦争になれば自分はどうなるのだ……皇太子の地位などあってないようなものだし、第一戦争に加担するのはいやだし……。

でも碧《あお》い鳥がうそを言っているようでもないし……。

碧い鳥は「回避する道は今のところありません……」といって仲間のところに帰りました。

残された二人は考えましたが、原因についてもわかりませんでした。

「お母様に聞いてもらおうかしら？」

「まだ決まったわけじゃない。とにかく今日はもうおそい。ひとまず、ねてから考えよう、姫《ひめ》、では」

ハーリーは何事もなくしずまりかえっている宮殿《きゅうでん》を、今乱すことは早すぎると判断しました。

次の日。ハーリーは王にこのことを言おうか言うまいか、とまよっていました。でも信じるか信じないかは、王しだいなので、一応言っておくことにしました。

やはりそれは一笑されました。

「何だと、戦争が起きると、そんなことはありえない。昔々はあったそうじゃが……」

「はい、わたしも実は信じられません。けれど、池にすむかえるが、夕べみなどこかへ引《ひ》っ越《こ》していきました。あの碧《あお》い鳥がわたしに戦争がはじまると教えてくれたのです……」

「ん？　それは本当か？」

「うそではありません」

「フーム……すると……」

王はしばらく考えていました。

「そうだ、あのことかな……そうすると本当に攻《せ》めてくるのか……？」

「何かあったのですか、王様」

「ふむ、昨日はあの碧い鳥のことで、ちょっと気を悪くされたかもしれない。そんなことでまさか戦争には発展しないだろう……。ただ……」

「はぁ？」

「昔からもめている領土のことがあるんでなぁ……」

「……まさか、そんな……」

それは大昔からずっとフイリップ王の領土と決めたところが、リチャード王は自分の領土といってゆずらないのでした。

実際にはリチャード王国の人が住んでいたりします。だからといっておこりたいのはこちらのフイリップ王国なのに……。

隣国《りんごく》の妃《きさき》、ソフイーもとてもあつかましく、もし非礼なことでもすればたちまちよその国にいいふらすような人で、みなにはあまり好《す》かれていませんでした。

昨日の宴会《えんかい》ではあの碧《あお》い鳥が、なぜ自国にいないのか、なぜ分けてくれないのかをおこっているようすでした。

そのころリチャードの王室では……。王とソフィー王妃《おうひ》は向き合っていました。

「ねえ、王様、どうしてとなりの国はあの碧い鳥を、分けてくださらないのかしら。わたし、どうしてもほしいのです。ねえ、どうにかなりませんこと？」

「……。わたしもちいっと不愉快《ふゆかい》なんだよ。大昔のことを今思い出して余計にはらがたっている」

「大昔の？」

「そうだ、まだソフィーがこないときのことだ。領土でもめてのう。わたしはそのとき小さかったのでよくおぼえておらんが、父王がとてもいかっておった。それで戦争にまで発展したのだ。ん？　どっちが勝ったかって？　きまってるじゃないか。わたしの国だよ！

だからあの領土はうちのもんさ」

「そうですか。おもしろい！　弱い国なんですね。何なら力ずくで取っておやりなさいな」

王妃はとげとげしい言葉を残して下がりました。

そんなことがあってからリチャード王はスキあらば、と毎日、毎日戦争の案をねっておりました。

そのうち国民も陳情《ちんじょう》にくるようになりました。

そしてとうとう決心したのです。

「よし相手国に宣戦布告《せんせんふこく》だ！」

と、ときの最高指令者に使いをだしました。

さあ、大変です。

ハーリーと王は相談しました。

ハーリは戦争大反対なので、自分が話し合いに行くと王に申し出ました。でも危険なことをハーリーにさせるわけにはいきません。王はいかせませんでした。ハーリーはなやみました。

「ここをおれたちの領土とみとめてくれ！」

「そうだ、こんなに長年住んでいるのに、隣国《りんごく》は何を考えているのか？」

「兵隊がたりなかったらいつでも参加するぜ！」

とリチャード王国の人たちはとても戦いがすきでした。

「わくわくするよな。いよいよ戦争らしい」

それは国をひっくり返すような騒《さわ》ぎでした。

一方、ハーリーは戦争などしたくないので王にいいました。

「王様。わたしはじぶんがリチャード王国の捕虜《ほりょ》になってもいいから、国民を救いたいのです。おねがいです。戦争はやめてください」

「わたしもしたくはない。でもそれで解決するだろうか？　領土の問題はむつかしい。それにあの碧《あお》い鳥は……？」

「碧い鳥はなんといわれてもあげられないし……」

そんな中リチャード王国は、本当に戦争の準備をしていました。

そしてある日のこと、とうとう攻《せ》めてきたのです。

リチャード王国を監視《かんし》していた見張り役は、あわてて報告《ほうこく》にいきました。

「王様大変でございます。やつは本当に攻めてくるのです！」

「何？　本当かそれは……？」

「今出たばかりでございます。早く軍を集めなくては……」

「分かった、みんな大急ぎだ！」

王の命令ですぐにみなが集められました。

ところが……不思議なことにいくらまってもリチャード王国の軍はきません。

フイリップ王は、宮殿《きゅうでん》の外に軍隊を一面に整列させ、守りにはいっているのですが……。

「これは一体どうなっているのだ！」

「だ、だれか見てまいれ！」

王はもう一度くわしく見るように命令しました。

「敵はまだです！」

「本当か？」

それもそのはず。何と……。

リチャード王国はいち早く戦争の準備をして、王の命令とともにすぐ敵国であるハーリーのところに出発しました。

ところが。最前線の兵士たちは、門を出ると何とそこに待っていたのは、ものすごい数のかえるたちでした！

「うよっ！」馬はすべってころんで、兵士たちはまるでぬかるみを走るがごとく、足をとられて前にはいけません。後ろの兵士はそれを見て唖然《あぜん》、呆然《ぼうぜん》です。

リチャード王は「どうしたのだ！　早くいけ！」と声をからしています。

一方、フイリップ王国では、なぜリチャード王国が攻《せ》めてこないのか不思議でした。

王は使いを出してすぐさま、ようすを見てくるようにいいました。

すると……かえるの集団がお堀《ほり》の外にいっぱいいて、そこから続く兵士たちは足踏《あしぶ》みをしていました。

とてもこっけいな兵士たちを見てしまって、思わずわらいだしました。

「な、なんだ！　これは……」馬も足をとられてあるけません。

兵士たちは先ばかり見ていたため、目の前の小さなかえるが見えなかったようです。

「助けてくれ?!」

「ヌルヌルして起きれない！」

ハーリーもこの場にやってきました。

「かえるが……助けてくれたのか！　ありがとう！」

ハーリーは、かえるが助けてくれたことに、感動していました。

リチャード王国では……。みなかえるのために出ていけないので、自国にもどってしまいました。

医者は呼び出されて、落馬した兵士や馬の骨折まで、面倒《めんどう》を見なければなりません。

一人では大変な時間がかかります。

それなのに王は医者にまで当り散らして「このっ！　ハマグリのくさった医者め」とか「へっぽこ医者め！」

とさけんでしまいました。

医者はもうれつに腹が立ち、診療《しんりょう》をやめてこの国を出ていくとおこりました。

(今までこの国に奉仕《ほうし》はたくさんしてきた。くさったハマグリだと！　へっぽこ医者だと？

そんな風にいわれる筋合いはない)

荷物をまとめると、さっさと出口に向かいました。

みながひきとめても、もう後の祭りでした。それにしても一体どうしてかえるのところを、とおっていくのでしょうか。王もかたずをのんで見ています。

(出ていけまい……) 王は望遠鏡でしっかりと医者を見ています。

医者は大きな荷物をかかえていました。

みなの制止をふりきってきたのに、医者は何と悠々《ゆうゆう》としていました。やっと門の外にでるとかえるがたくさん待ち受けています。

(はーてと、なんだこれは……道がふさがれている。しかもヌルヌルのかえるさんばかりじゃないか……。どうしたものかな?)

医者はしばらく考えていましたが、ふとあることを思いつきました。

うつむき加減にかえるに話しかけています。

「ねえ、かえるさん、おねがいだからここをとおしてくれないか。わたしはこの国を出てフイリップ王国にいきたいのさ!」

するとどうでしょう。かえるが一ぴき、二ひき、三びきとちがうかえるの背中に乗っていきます。そして……とうとう道があらわれました。

「やあ、ほんとにありがとう! 道をあけてくれたんだ!」

医者もこれにはおどろきました。けれどもそれを遠くで見ていたリチャード王はもっとおどろきました。(ギャ、本当に出ていってしまったぞ! これは困ったことになった)

こうして医者は去ってしまったのです。

それからも一人去り、二人去りと、国民がへっていくのでした。

三日目、とうとうかえるの群集もいつの間にかいなくなりました。

それで王はもう一度攻《せ》めていくと、みなに命令を出しましたが。

兵士たちは医者がいないので、けがもできないとおじけずいています。

偵察《ていさつ》に行った二人の兵士は、王に報告《ほうこく》しています。

「王様大変でございます。なんとあのかえるたちは向こうの王宮の入り口で守っています！」

「何？　それは真実か？」

「うそなど申しません」

「……!?」

王はまたしても出鼻をくじかれて、どうするてだてもありません。

ハーリーは、かえるが守ってくれて大変たすかりました。

そしてフイリップ王は戦争がきらいでした。

戦争などしても、みなが傷つくだけでいいことは一つもありません。

「なあ、ハーリー、つい昨日のことだがね。あの碧《あお》い鳥がわたしの肩《かた》にとまっていったんだ」

「なんといったのですか」

「分かるかな？　それはね。来年の春になるとあの碧《あお》い鳥が、タマゴを生むそうだ！　それで少し大きくなったら隣国《りんごく》のあのわからずやの妃《きさき》に、あげてもいいと！」

「なんですって！」

「いやわたしはいらぬがのう、碧い鳥はそういうておる。それで二つの国がなかよくなれるのならいいと……」

それからリチャード王国の医者をはじめ、みなわが国とは仲良くなってほしいという」

日が経つにつれリチャード王国の人が、命びろいしたいとフイリップの国に入ってきます。

「おれはいやになった。戦争が好《す》きな王様とはあわんよ」

「わたしもおんなじ。いつも何を考えているんだか。きっと自分のことだけ考えているんだわ」

「それにしてもこの国はいいよな。かえる宮殿《きゅうでん》にはかえるがいっぱい、碧い鳥もいるそうな。

一度でいいから見てみたい」

「ところでさ、家はどうするのさ！」

「それがまた、我が国とちがうんだ。われわれのようによそから来る人にアパートがあるんだ」

「えっそれは本当？」

「そう、今から見に行くんだ」

「連れていって、お願い！」

「いいよ」

ハーリーの国は外国人専用の、アパートまであるのでした。

そして連れていってもらったところには、集合住宅があり今までリチャード王国から来た人たちがいっぱいいたのです。

もちろん出て行った医者もいました。

「あ、先生！　先生のおかげでわたしも、国を捨ててここまでやってきましたよ」

「ああ、散髪《さんぱつ》やの……おやじさん……。どうしてここに？　もうみなの散髪はしないのかい？」

「いえ、先生ここに来られる人の、散髪をさせてもらいますよ。おや、あれは……えっ、本屋の奥《おく》さんじゃ？」

「そうだよ」

「えっ、その声は主人の友人のベルおやじさんじゃなくて？　まあ、聞いてくださいな。うちのガンコおやじったら、わたしについてこないのよ！」

「え、奥《おく》さんお一人で？」

「そうなのよ。子どもを連れてあの国から逃《のが》れてきたのよ。戦争なんてねえ、なんて野蛮《やばん》な国でしょ」

みながそうして話をしているときでした。

「あれ！　あれは皇太子様じゃない？」

それは遠くでしたが白い馬に乗って、つば広のぼうしに羽飾《はねかざ》りをつけて今日は白い乗馬服に身を固め、あきらかにこの国の王子ハーリーでした。

「はて？　わが国の方にむかっている……だいじょうぶかな？」

リチャード王に会いに行くとでもいうのでしょうか……。医者は首をかしげました。

けれどもきっと皇太子の考えもあるのだ、と見守ることにしました。

ハーリーは一人で、リチャード王国にのりこんでいくのにも訳がありました。

これ以上話をこじれさせないように、みずから話をしに行くと王に願い出たのです。

大人同士はまた話がこじれそうでした。おみやげ話はもちろん碧《あお》い鳥でした。

リチャード王はなぜ皇太子が一人、敵である危険ともなりそうなところにやってきたのか、腹のうちがわかりませんでしたが、とにかく丁重《ていちょう》にむかえることにしました。

そしてきれいな部屋に案内されました。

「これは……ようこそ。皇太子様。でもなぜお一人でしょうかな？　無用心ですぞ」

「ああ、国王様、とつぜんの訪問をお許しください。実は父王の代わりに王様と歓談《かんだん》の時がもてるならば幸いと思いました……」

「ははは、それは、それは、よくおいでなさった」

「それで王妃様《おうひさま》にもぜひお会いしたいと存じますが……」

「はぁ……」

「じつはおみやげがないので、王妃様には格別のものを差し上げたく存じますが……」

「何？　格別のものを？……それはまたいい話か？　ならば妃《きさき》を呼ぶことにしよう」

王に呼ばれてあらわれた王妃は、薄い水色のはなやかなドレスであらわれました。

「これは……皇太子様。ようこそおいでくださいました」

「今日は特別のおみやげ話がございまして……」

「はいなんでしょうか」

「この前のわたしの戴冠式《たいかんしき》に来ていただき、本当にありがとうございました。

あのときの碧《あお》い鳥のことでございます」

「え、あのすばらしい碧い鳥？」

「そうです、碧い鳥を差し上げようと言う話がありまして、いや今すぐではありません。来年の春には子どもが、つまり赤ちゃんが誕生するのでございます。そのときまで少しお待ちくだされば……」

「本当ですか？　王様、お聞きになりました？　まあ、すごくいちばんうれしいことですわ」

「本当に……？　いや、ハーリー皇太子は話がよく分かる男だ！」

この王と王妃は単純にいちばん喜んでくれたので、ハーリーはほっとしました。

それからは王妃は下がって、ハーリーとリチャード王が一対一で戦争の大事な話をしました。

ハーリーが大事な碧い鳥を、献上するということで、王は随分《ずいぶん》と変わりました。

「よし、われわれも大変悪かったことを認めよう。ハーリー君、君は勇気あるよ。そして君の国には美しい鳥もだが、非常に国のためを思うかえる君も存在する。

まことにあっぱれだよ！　実は攻《せ》めようとしてもかえる君が、君の国を守っていた。こんなことは前代未聞《ぜんだいみもん》だ！」

「ありがとうございます。わたしの国もいろいろと問題もありますが、これからは話し合いを持つということにしてはいかがですか？」

「それはいいことだ。お互いに奥歯《おくば》に物の挟《はさ》まったようなことはやめて、はっきりということにしよう！」

二つの国は合意しました。

ハーリーは自国に帰りました。すると守っていたかえるは、みないないのです。まるでハーリーの心の中まで見れるのでしょうか。

王は大変喜びました。

「よくやった！　それにしてもよく一人でいけたことだな！」

「たまたま運がよかっただけです。この白い乗馬服は、母が仕立ててぼくにおくってくれました。きっと守られているのでしょう。白色はめだちますからね」

「ははは、とにかくわしにはそんな勇気はないよ。さあ、今度は何をしてくれるか楽しみだ」

「まず王様、あの土地、つまりとなりへの境界線は、二国で話しあってつくらなければもめるもとです。

それに行ったりきたりも、制限はしなくてもちゃんと記録に残すべきです」

「ふむ。なるほど、いい加減が悲劇を生むんだね。そうしてくれ」

ハーリーは、この国を楽しい国に変えたいと思っています。

それからはリチャード王もおとなしくなって、攻《せ》めることはありませんでした。

やっともどった平和に、人々も自分の国へとかえり、いつもの生活にもどりました。

しかしハーリーは新しい国作りのために、勉強しなければならないことがたくさんあって、少し張り切りすぎてしまいました。

教育係の父母も心配して、公務を少しへらすようにいいましたが、ハーリーは責任感が強くがんばりとおしました。

春になる前に、とうとうダウンしてしまったのです。

王はそのことをとやかくいいません。自分で何事も体験しなければわからないのでそれも必要とおもっていました。

「ハーリー、もうじき碧《あお》い鳥も卵を産む。そうしたらまたいそがしくなるぞ。

隣国《りんごく》にいくのはハーリーだから」王はハーリーのベッドに来ていいました。「はい、ちょっとはりきりすぎました」

ハーリーはもともと元気だったので、すぐになおりました。

アプリコット姫《ひめ》もメアリー王妃《おうひ》も、ハーリーの部屋にお見舞《みま》いにきました。

「お兄様、具合《ぐあい》はどう？」

「ありがとう！　もう明日から公務に復帰するよ。　お義母様《かあさま》、お見舞《みま》いありがとうございます」

「よかったですね。さあ、姫《ひめ》といっしょにイチゴのクリームかけをめしあがれ。さっぱりとってもおいしいですよ」

「イチゴ？　今ごろ……あるのですか？」

「それはね。あったかい地方で取れたイチゴを、わたしの知り合いの人が届けてくれました」

「そんな大切なものを……」

「いいのよ。疲《つか》れたからだにはとてもいいらしいわよ」

「ありがとうございます」

ハーリーはすっかり直ってまた公務にいそしんでいました。

そんなある日のこと。空はどんよりとくもっていましたが、ハーリーは気分転換《きぶんてんかん》のため宮殿《きゅうでん》の庭を散歩していました。

池にはあれからかえるも寒いので姿を見せず、草木も枯《か》れて寒々しい景色になってきました。

(おおさむ！)

ハーリーはぶるっとふるえました。そのとき何か聞こえたような気がしました。

(おや？　今ごろ……？)と思ったそのとき、池の淵《ふち》にいちばん大きなかえるがいるではありませんか！

「やあ、寒いね。しばらく……。この前は助けてくれたおかげで、戦争を回避《かいひ》できた。お礼を言わなきゃとおもっていたんだ」

ハーリーが背を低くしてすわると、かえるはピョーンとハーリーの手に乗りました。今まで王様の手にしか乗ったことのないかえるが――。

「これは皇太子様、いやお礼をいわれるとくすぐったいですが。それはぼく一ぴきではない、みなが協力してくれたからですよ。今みなは冬眠状態《とうみんじょうたい》ですからね。春になったらお礼をいってやってください。それはそうと、宮殿《きゅうでん》には今、あやしい動きがありますよ。王様と皇太子様、気をつけられるように、忠告《ちゅうこく》です」

「えっ？　あやしい動き？　何のこと？」

「それはわかりません。命にかかわるかも。でもじっと気をとぎすませておれば回避できます」

なぞのような言葉を残してかえるは池にかえってしまいました。

(なんだろう……命がねらわれるとでもいうのか……)

ハーリーはおどろきました。何のことかは全然わかりません。

そうすると、一人でこんなところを、ウロウロしているのも危ないかもしれない……。

かえる宮殿《きゅうでん》では今あやしい動きがありました。

ハーリーとあまり年齢《ねんれい》のかわらない将校たちが、ハーリーのことをねたんでいるのでした。といってもハーリーがいばっているわけでもないのに、将校たちはいくらがんばってもハーリーのようにはなれません。

若いエネルギーがありあまって三人が相談しているのでした。

「最近、ハーリーは何かと生意気だよな」

「そうだ、いい気になっているのか、ひとつ思い知らしてやるか？」

「ははは、どうすればそのようになるのかな？」

三人は悪いことを一生懸命《いっしょうけんめい》考えていました。

「ここの王様は戦争ぎらいだし。地味だし。おれはたいくつでたまらんよ」

「となりの国はみんな戦争がすきらしいよ」

それからしばらくして、この国ではお祭りがありました。ダンス大会や、室内ゲームなどで国民も選ばれて参加でき、もちろん、近衛兵《このえへい》や将校も選ばれた人が参加できる行事でした。

それから一つ困ったことがあって、皇太子の彼女を紹介《しょうかい》するらしいと、まことしやかにうわさが広まっていたということでした。

もちろん、彼女《かのじょ》はいないし、ハーリーはまだまだこれから勉強する身なので、そんなことは考えてもいなかったのです。

けれども「いません」と、たとえいってもみなはきっと信じないだろうし、みなにそういうことで（根も葉もない）ひやかされるのはとてもつらいことでした。

アプリコット姫《ひめ》に相談すると「あーらぁ、お兄様、彼女《かのじょ》ならわたしがなってあげてもいいわ。もともと兄妹だから何をいわれてもわたしはだいじょうぶだし」

あっけらかんとして姫はいいます。いつの間にか大人びて、こういう話にものってくるのでした。

「これは何でこういうことになったのか調べる必要もある……」

「だめだめ、そんなこと分かりっこないわ。お兄様、うわさなんかどうだっていいのよ」

「ではほおっておくというのか？」

「そう、いいたい人にはいわせればいいのよ」

アプリコット姫《ひめ》がハーリーにささやいたときでした。うわさの三人の若き将校たちがやってきました。

「おや。お姫様もごいっしょですか？」

「ぼくとダンスをしてくれませんか？」

その中の一人ハワードが、アプリコット姫にニッコリと微笑《ほほえ》みました。

この三人の将校たちはいずれも親が伯爵《はくしゃく》、公爵の身分で申し分のない社交界の貴公子たちでした。

「ええ、いいわ、よろしく！」小さな姫《ひめ》がよけいに小さく見えるような背の高い貴公子でしたが、アプリコット姫は断る理由もないのでした。

アプリコット姫はハワードとおどりだしました。

ハーリーはのこりの二人、デイブとサガンといっしょに歓談《かんだん》していました。

二人はまだそんなに話もしていないのに、妙《みょう》になれなれしくするのでハーリーは少しひいていました。

けれども二人は執拗《しつよう》に、ハーリーを追いかけてくるようすなのです。

結局、今夜の夜遊びに付き合うハメになってしまいました。

（まあ、少しくらいなら……）

アプリコット姫はそうとも知らずに、精一杯《せいいっぱい》おどって生き生きしていました。

サガンは姫とおどっていたハワードに帰る、と、片手《かたて》で丸のサインを送りました。

それはハーリーが、今夜みなにつきあうＯＫのサインだったのです。

三人はお互いににっこりと、不敵な笑《え》みをうかべているのに、ハーリーは気がつきません。

ハーリーは、どうしてここをぬけだそうかと頭を使いました。

夜遊びなど、絶対に許されることではないのです。

少しはそういう世界ものぞいてみたという好奇心《こうきしん》もありました。でもそこは将校の三人は、抜《ぬ》け目《め》なくこっそりと王様にいってしまいました。

「今夜は皇太子様もごいっしょに、ぜひお願いします。まちがいなく三人が送りとどけます」

王様もふつうなら大反対でしたが、ごきげんもよく、もうそろそろ社会勉強も必要か、と思ったのでした。

というわけでハーリーが連れていかれたのは、食べ物やさんでした。

ここでまず腹ごしらえしてからでないと、遊べないという感じでした。

「まずは乾杯《かんぱい》！」

みなはまだビールは飲めないので、ソーダー水にトロピカルな色の、原酒を少したらして乾杯しました。

四人はとてもいいきげんでした。

そんなときでした。ハーリーはふと気がついたのですが、足元が妙《みょう》につめたいのです。

（ん？）自分の足元にはかえるが……？　いるではありませんか……。

（いつの間に？）全然気がつかなかったけれどこれは宮殿《きゅうでん》の、いつものかえるではありませんか。

みなには知られないようにそっとかがんで、ズボンのポケットにそっとしまいこんで……と思ったとき。

「やあ、どうしたの？　それはかえるじゃないか」

す早くちらっと見られてしまいました。

「ちょっと見せてよ」

「だめだ！」

「どうして？」

みなはこのかえるのことは、ふつうのかえると思っています。

「いや？　ぼくはかえる君がすきなんだよ！」

と、ハワードはむりやりつかもうとします。

「だめだめ、これだけは絶対ダメだ！」

ハーリーはとられまいと必死でしたが、そのうち本当の取り合いになってしまいました。

「やめろよ！　ふたりとも、たかがかえるで……」

と何も知らないそばの人たちは、言葉をなげかけていました。

ハワードは（なぜだ、かえるぐらい、いいじゃないか！）と本気に腹がたってきました。

ふたりはとうとう取っ組み合いになりました。

（これはいかん）デイブはあわてて二人を外に出し、けんかの仲裁《ちゅうさい》をしようと思いました。ところが、ハワードは何を思ったのか帰ってしまったのです。

（ヤバイ……計画が……）何かをたくらんでいるのこりの二人は、あわててハワードを追いかけて外に出ていきました。

のこされたハーリーは（早く、今のうちに逃《に》げなさい！）というかえるの声を聞きました。

（逃《に》げろって……帰ったほうがいいのか……）

ハーリーはそっと裏口から外に出ました。早く、早くとかえるはせかします。

そうです。三人はハーリーを遊びにさそって、誘拐《ゆうかい》しようとしていたのです。

それは、王の弟ヘンリーの反乱でした。将校の三人を使ってハーリーを誘拐し、王に自分の要求をつきつけようとしていたのでした。

ハーリーはくらやみを必死で一人で走りましたが、三人が追いかけてくるようで気が気ではありません。

物陰《ものかげ》にかくれながら走り、やっと王宮が見えてきました。

そのころ三人はハワードを説得し店にもどりましたが。

ハーリーはいませんでした。

「ばっかだな。おまえのせいでハーリーはいないよ！」

ハーリーが宮殿《きゅうでん》に着くともう次の朝でした。

それなのにハーリーがいないので、上から下までの大騒《おおさわ》ぎでした。

それで王に呼ばれて、きついお灸《きゅう》をすえられてしまいました。

「ハーリー、分かっておるかな。この結末は……今後いっさい外出はこのわたしに報告《ほうこく》してからでないと行けない。無事で何よりだが、みなを心配させて一人ひとりみなにあやまりなさい」

「……もうしわけありません。つい……」

「いいわけは無用だ！　大事な皇太子の身に何かあったら、だれが責任をとるのかね？」

「はい……」

とさんざん油を絞られて、勝手には王宮を出ないという命令も出されて、ハーリーは猛反省《もうはんせい》したのでした。

そのころ三人の将校たちも王の弟、ヘンリーに油をしぼられていました。

ヘンリーは二人の将校たちに、おこりながらも次の手段を考えていました。

「ハーリーは賢《かしこ》すぎてダメだ！　こうなったらアプリコット姫《ひめ》をねらえ。

いいか、ダンスでいっしょにおどってこっそり仲良しになるのだ。時間は十分にある。

何度もさそって信用させるのだ」

「はい……」

この若者たちはみなヘンリーの言うことを聞かないと、この春には階級をさげられるのでした。

生まれも育ちもいいのですがやはりおぼっちゃんで、みなのようにテキパキと何事もできないのでした。

ハワードはこの計画に成功したら、次の階級に昇格《しょうかく》するのです。いちばんのり気でまた、アプリコット姫とはいちばん気が合うようなのでした。

「きゃあ、きゃあ！」

アプリコット姫《ひめ》は大きな声を出して、むじゃきに将校の三人と遊んでいました。

ダンスにあきたら庭でおいかけっこをしたりして、子どもに帰ったように遊ぶのでした。

でも王様はこれを見てまゆをしかめていました。

「なんだ、あの者たちは。メアリー、なんとかできんのか。あの姫の声がいかん。子どもじゃあるまいし！」

「はい、王様、あの若い将校の三人は、姫のお友達のようです」

「まだ男友達は早い。これからは女の友達にするようにいいなさい。何かあったらどうするのです！　それに読書とかもっと静かにできんのか？」

「はい、それもそうですね」

「ほんとに……このごろの若いものは」王様はごきげんがよくありませんでした。

せっかく姫に近づき、姫の心をつかんだ三人の将校たちはその日の帰り、王妃《おうひ》に呼ばれてお灸《きゅう》をすえられてしまいました。

「あなた方は、悪い人ではないと思いますが、王様が明日からは遊んではいけないとの命令です。まだ姫はこれから勉強も大切なとき、だからご理解くださいね」

王妃はやんわりと、厳しいお達しをいいわたしてしまいました。

ハワードもデイブもサガンも、どうすることもできませんでした。

帰ってヘンリーに伝えました。

「そうか……。何か感づいたか……」

「いえ、そうではありません。わたしたちは姫《ひめ》の気を引くために、あまりにも楽しくやりすぎたのかもしれません……」

「そうか、計画は知られてないようだな。そうするとまた考えよう。

今度碧《あお》い鳥の祭りがある、そのときにしよう」

そしてだんだんと碧い鳥祭りが近づいてきました。

かえるたちもやっと本格的《ほんかくてき》に、動きが活発になり毎日とんだりはねたり、と楽しそうでした。

アプリコット姫はそのとき、どのようなドレスにしようかとまよっていました。

やはり碧い鳥ですのでブルー系の華《はな》やかなドレスがいちばん、とメアリー王妃《おうひ》はもうすでに作らせていました。

ハーリーにも同じ色の背広の上下を用意しました。

アプリコット姫はどちらかというとピンクや、杏色《あんずいろ》の淡《あわ》いドレスが好《この》みでした。

でもこれはしかたがありません。

宮殿《きゅうでん》のかざりつけもされ、いよいよもう明日にせまりました。

しかし王妃は張り切りすぎて、その夜ねこんでしまいました。

王は心配でたまりません。肝心《かんじん》な王妃がいなければ大変なことになります。

とうとう当日がきました。

招待された人の中には三人の将校たちもいました。メアリー王妃《おうひ》も看護婦にささえられながら、笑顔《えがお》を振《ふ》りまいていました。

ハーリーはできるだけ王妃の負担をなくそうと、一生懸命《いっしょうけんめい》みなにあいさつをしたり気をつかっていました。

しかし心は一時もゆだんはできません。アプリコット姫《ひめ》に、もしものことがあってはならないからです。

鳥たちはのんびりと、その美しさを競うようにとびかっていました。

となりの王も王妃も、いつ碧《あお》い鳥がもらえるのか、そればかり考えていました。

「これは、これは、王妃様、ごきげんうるわしゅうございます。ところで碧い鳥の赤ちゃんはいつ生まれるのでございますか？」

「はい、これは、ようこそ、ソフィー王妃様。もうすぐでございますよ。

あのいちばん大きな碧い鳥ですが、あのようにおなかがふっくらしているでしょう。獣医《じゅうい》によると少しおくれぎみだとか。でもご安心ください」

その日は食事会もあってみんな楽しく歓談《かんだん》しました。

偶然《ぐうぜん》アプリコット姫の横にはハワードが座りました。

もちろん彼《かれ》にとっては都合のよいことでした。そして、食事がおわると庭で待ち合わせをするように一生懸命《いっしょうけんめい》アプローチするのでした。

姫《ひめ》の同じ列の二つとなりにハーリーがすわっていましたが、横並びだとようすはわかりません。まして話の内容などは聞こえませんでした。

食事会が楽しく終わると、いつの間にか二人はいませんでした。

そのとき、やはり池の淵《ふち》で二人が座り、何か飲み物を持っているようすでした。ハーリーは木陰《こかげ》でじっとそれを見ています。

と、そのとき、アプリコットのグラスの中に、何かがとびこんだようです。

(えっ？) ハーリーはちょっと何が何だか分かりません。ハワードはおどろいた顔でした。姫はあっとさけぶとグラスを落としてしまいました。

(一体どうしたんだ！) ハーリーは出てゆくべきかまよっていました。

ハーリーは、躊躇《ちゅうちょ》している場合《ばあい》ではありませんでした。

いきなりかけだしてしまいました。

「どうしたのだ、アプリコット！」

「お兄様！」姫は少しおどろきました。

こんなところにくるなんて気のきかない兄だと。

ハワードもハーリーの出現にはおどろいたようすですが、それよりもっとびっくりだったのは、粉々に砕《くだ》け散《ち》ったグラスの中には、一ぴきのかえるがいたという事実でした。

(え、なぜ？　かえるが……まさか……)

アプリコットはそのせいで、グラスのおいしそうなピンクの、飲み物はのむことができませんでした。

ハワードだけが（おいしいことをした、せっかく眠《ねむ》り薬《ぐすり》をいれたのに……）と悔《くや》しい思いをしていました。かえるはねむっていました。

ハーリーは何かの疑惑《ぎわく》をハワードに感じていました。

アプリコット姫《ひめ》は、何がなんだかさっぱり分からないまま「こっちにおいで！」とハーリーに連れられていきました。

ハワードは呆然《ぼうぜん》と見つめているだけでした。

「だめだよ！　あの、飲み物は何かが入っているんだ！」

「えっ、なんですって？」

「ほらごらん、このかえるを！　ぐったりとしているじゃないか！」

「……」

「あとでこれは調べる。とにかくアプリコット姫は自重して、あの将校三人には気をつけるんだ！　遊んじゃいけない、とまではいわないけど、少なくともあの三人はあやしい」

「お兄様、ごめんなさい、これからは気をつけるわ。それにしてもこのかえるさん、生きてるの？　それとも……」

「だいじょうぶ、多分ねているだけだよ。これはきっと姫を救ってくれたんだ！」

王の弟は次男としてこの王宮に生まれましたが、とても体が弱く国王など体力、気力のいることはできまいと王の父が厳しい判断をくだし、王宮から出されました。

ヘンリーという、裕福《ゆうふく》で家柄《いえがら》もよい公爵《こうしゃく》の一家に引き取られて、大切に育てられました。

そして、二十五歳《さい》をさかいにどんどんと健康をとりもどしやっとふつうの健康になったのでした。

するとそれまで、何の不思議もなかったことが急に思われるようになり、自分は王の継承《けいしょう》をもできない立場《たちば》なので毎日思いなやみました。何か王だけがいい思いをしているように感じられて、とても腹立たしく思えてなりません。

そこで反乱を起こして、自分も王家の仲間に入れてもらうように、はたらきかけたかったのですが。こういう話はまともにいっても取り上げてもらえないことなので、三人の将校を使って味方にし、王にせまろうという作戦でした。

けれどもそんな思いと裏腹に、少しもことはうまくいきませんでした。

そんな中、王宮ではまたおどろくべきことが起こっていました。みなは興奮して騒《さわ》がしくなっています。

「生まれたらしいよ！」

「ええっ、生まれた？　本当か？」

人々はおどろきました。みなの来るこの日に生まれたなんて？？？

でもその場を見ることはだれもできませんでした。

それはアプリコット姫《ひめ》が見つけてこっそりと飼育員に報告《ほうこく》されました。

そして王にも知らされ発表があったばかりなのです。

アプリコット姫は三人の将校があやしいと言われてとても悲しんでいました。そして一人で人のいない裏庭を歩いていると……。一つの部屋の窓から何か影《かげ》がうつっていました。それであわてて部屋に回りこみ、いってみると、だれもいない部屋には、鳥の巣があってそこにはかわいいタマゴがありました。

（なるほど、鳥さんも考えたよね。ここならだれもこないわ）

その部屋はあまり使われてない、はしっこの小さい部屋でしたから。

そしてハーリーも見つけてしまいました。

それは自分の母親アンナの部屋でした。人々はあまりいかないはなれた部屋でしたので、碧《あお》い鳥にとってはとても静かでした。

アンナも王宮ではできるだけ目立たないように、ひっそりとハーリーのことを見守りつつ、暮らしていましたので、この日はたまたまハーリーが用事のためおとずれていました。

入り口近くの花の形をしたあかりの影に巣があり、ハーリーがのぞき込《こ》むと三個の卵がありました。

「わぁ、すごいよ、三個も……！」

「三個も!?　すごいわね。でもよかった。これで王様もお妃様《きさきさま》も隣国《りんごく》とは仲良しになれるの、ハーリー？」

「うーんそうかもね。戦争はさせないよ、母上、安心してください！」

母、アンナもいろいろと王宮のことが心配なのです。

ハーリーにとってもう一つの心配は弟でした。最近ちょっと調子が悪いようなのでした。

「アレン！　だいじょうぶか？」

ハーリーは弟を気づかって、ベッドに伏《ふ》せるアレンに声をかけました。

「うん、だいじょうぶと思うよ。でも気になることがあるので一度見てもらおうと思う。それでここでは気を使うので、一度しばらく母上と向こうの家に帰ろうと思っている」

「そうか……。気を使うなといってもなあ、……そうだそれがいいよ」

「早いほうがいいので明日の朝にここを立つ。またしばらくかかるとすれば、だれかに連絡《れんらく》させるよ。後はよろしくたのむ」

「みなには里帰りとでもいっておくよ」

「うん、ありがとう」

「元気になって帰ってくれ！」

思えば自分はいそがしい公務があるので、母や弟にはかまう暇《ひま》がありません。弟もきっと気を使いすぎたのかもしれない、とハーリーは実家に帰ることをよいことだと思いました。

碧《あお》い鳥祭りも無事終わり、碧い鳥の雛《ひな》がかえる三週間後にはよい日を見て、ハーリーが隣国《りんごく》に届ける約束で、みなはきげんよく帰っていきました。

三人の将校や王の弟ヘンリーも帰りました。

何の収穫《しゅうかく》もなくすごすごと。もくろみはことごとく失敗し、うまくはいきませんでした。

そして次の日はハーリーの実の母、アンナと弟のアレンを見送りに、ハーリーは宮殿《きゅうでん》の門まで送りました。

その帰り、池を歩いていると、かえるが待っていました。

「やあ、この前もありがとう！　おかげでアプリコットは助かったよ。その後どう？　何ともない？」

「はい、皇太子様、わたしはねむっていただけですよ！　このとおり元気です。もうすぐにみんなは冬眠《とうみん》からさめますよ。例の戦争をなくしたお礼をいってやってくださいね」

「もちろんさ！　もうじきに春だね……」

かえるは何か話がしたいようすでした。

「どうしたの？　何か言ってみて！」

「はい……あのう、そのう……」

「どうしたんだい。一体……？」

「今度ですね。碧《あお》い鳥がですね」

「うん？　碧い鳥がどうかしたの？」

「そうなんです。もうじきに五羽の雛《ひな》がかえるけど、その中の一羽がね」

「ほう、一羽が？」

「一羽だけ金色の鳥がうまれるのです！」

「金色の？」

「そうです、金色です」

ハーリーはびっくり仰天《ぎょうてん》でした。なぜ金色なのか……。なぜ……。

「もしかして……ひょっとして……」ハーリーは考えました。

「そうです！　もしかしてですよ。あの百年の魔法《まほう》がかえってくるのです。わたしたちも一部ですが、変身しなければなりません。そしてまた昔のような楽園をわれわれが作るのです。そのときはハーリー皇太子のもとで……」

今までは王の時代でしたが、これからは大きく変わるということでしょうか。

「そうか……。かえる君がまた碧い鳥になって……？　ややこしいなあ」

「今までは魔法でいろいろさせられていました。でもあの金色の卵の主はいちばんくらいが上で、ぼくはやはり自分からしもべとなると約束をしたのです。

それはもう千年も昔……」

かえるの話はハーリーにとって、何かはっきりとは分からないのです。が、なんとなく今度は時代もかえるたちも、大きく変わるのだということだけ、分かるような気がしました。

でもハーリーにとって時代が変わるというのは、王は一体?どうなるの?

「あの百年の魔法《まほう》が帰る? それはすごいことだ」

ハーリーはかえると別れても、その言葉が忘れられませんでした。

王宮に帰っても何も変わりません。もちろんそんなに急に変わることもないのですが。

きっと何かが変わるのです。王にもそんなことはいえませんでした。

ハーリーは自分の胸に収めておくことにしました。

そしていよいよ、金色の鳥の卵も羽化して、かえる日になりました。

飼育員の見守る中、もぞもぞとからを破り、出てきたのは金の鳥でした。

この五個の卵のうち、いちばん先に生まれたのです。

「うまれたぞ?!」

王宮はまた上へ下への大騒《おおさわ》ぎです。

人々が騒ぐ間にも碧《あお》い鳥はみんな生まれてしまいました。

鳥は毛が少なくまだ目も見えない状態です。産毛《うぶげ》がかすかに碧い色をしているのでした。

メアリー王妃《おうひ》はいちばん喜びました。そしていちばん先に生まれた金色の卵からかえった鳥は、だれにもやらないようにと飼育員にいっておき、特別に飼育されることになりました。

鳥は順調に育ちます。生まれて一ヶ月もすると鳥らしくかわいい姿になりました。

王宮ではみなが毎日鳥のようすを気にして、飼育員の部屋をおとずれます。

ハーリーもこの金色の鳥が何なのか、気がかりでしょっちゅう見に行きます。

来週になるともう隣国《りんごく》にとどけなければなりません。

そして飼育員は二人いますが一人は隣国にいっしょにいかなければなりません。

とうとうその日がきてしまいました。

みなはとても悲しみました。この鳥はどこにもいない貴重な鳥だったから、よそにあげるなんて……とみなはおもっていましたが、しかたありません。

ハーリーと飼育員は、大切な鳥をきれいな鳥かごに入れて、馬車で出発しました。

飼育員もたった一人でリチャード王国へいって、鳥の面倒《めんどう》を見るなんてとても大変なことでした。

鳥もかわいそうでした。ここには仲間がいるけれど、リチャード王国にいけばたったの一羽なのでした。

王妃《おうひ》も涙《なみだ》ながらにお別れをしました。

「さようなら、ピコちゃん！　あなたはかわいそう。でも大切な任務があるのだからね。来年になればきっとお友達をおくるからね。それまで元気でね」

「かわいそうだが、これは平和の使者だ。ハーリー、よろしくたのんだよ！」

王も見送りました。

「はい、必ずソフィー王妃に届けてかわいがってもらうようにします！」

ハーリーは飼育員とともに、リチャード王国の王室にいました。

ソフィー王妃は王と共にあらわれました。

「お約束の碧《あお》い鳥です。まだ生まれてすぐですが、もう少したつともっとかわいくなり、大人になれば長い尾《お》もできて、品格のある鳥になるのでございます。いかがでしょうか」

「まあ、本当にありがとう。約束をまもってくださって……感激だわ！　それに飼育員まで来てくださって……」

「そうです。この鳥は飼育が難しく、特別に勉強した者でないと育ちません。それでこの人のいうことを聞いてください。それでも生き物ですから、どのようなことが起きるかは分かりません。くれぐれも大事にしてください。これがお願いでございます」

「ハーリー皇太子、ご苦労でありましたな。わたしからおみやげをさしあげよう」

「は？　おみやげ、……」

王は珍《めずら》しいとされるランの花を、三鉢《はち》国に持ち帰るように、とハーリーに贈《おく》られたのでした。

ハーリーのリチャード王国への訪問は大成功でした。

そして見送ってくれるとき、気になる一人の姫《ひめ》を見つけてしまったのでした。

同い年くらいのまだ少女でした。

ちらっと見ただけで言葉を交《か》わしたわけでもありません。相手の姫は名前すら分かりません。

(こんなにかわいい姫がいたのは知らなかった。まだ社交界にもデビューしてないし、ダンスのときも見たこともない)ハーリーはふと心にとめただけで、帰る時間になってしまいました。

自国に帰ると王はこの成功を、大変喜んでくれました。おみやげのランの花はみごとなもので、メアリー王妃《おうひ》もたいそう喜ばれました。

ところがハーリーがわずか一日留守にしている間に、大変なことが起きていたのです。

王の弟が国民を引き連れて、直談判《じかだんぱん》にきたのでした。

そして「王の主権をなくそう」という国民の運動が日増しに大きくなっていることを告《つ》げられたのでした。

ハーリーは、時代は変わると聞いたことは、このことだったのかと思いました。

それはこの国だけではなく、あちこちで起こっている運動でした。

けれどもこの国は王がそんなにひどいことをしないので、一部の人だけが不満を持っていました。

他国はみんな重い税金に苦しみ、王室だけがいいのではないか、と国民も不満たらたらでしたから、だれかがいいだすとすぐに火がついたように、あちこちに飛び火するのでした。

ハーリーと国王とそして、ヘンリーは話し合いをしました。

「王様、民衆はいかっておりますぞ！　もう少し税を下げろ、だの、王室の宮殿《きゅうでん》を開放しろ、だのと、このままでは大変なことになります。少しは民衆のことにも耳をかたむけて……」

「ヘンリー！　せっかくいってくれてありがとう。わたしはこの宮殿が自分のものなど、一度も思ったこともない。ここはみなの国民の宮殿だといつもいっておる。なあ、ハーリー皇太子？」

「はい、王様、……」

「で、国民の代表は、いったい何がいいたいのかね？」

「はい、わたしたちはですね。王様も国民も同じ人間ですから、王様だけ特別というのはどうかという運動でありまして。つまり王制廃止《おうせいはいし》という方向ですな」

「何？　王制廃止？」

「そうです。議会が国を運営するのです。貴族、華族《かぞく》、伯爵《はくしゃく》もなくすのです」

「？？？」

王は目の玉を白黒させた。何ととうとつな話ではないか、と。

「ヨーロッパは順にそうなりつつありますぞ。われわれはあきらめませんから、また後日までに返事をもらいますぞ！」

ヘンリーはせきばらいをすると、みなを引き連れて帰りました。

残された王の家族は、どうしていいか分からず、みな呆然《ぼうぜん》とするのみで、いい考えもうかんできません。

そのころかえるたちに異変が起こっていました。

かえるのリーダーたちは何ひきかがいなくなりました。そして碧《あお》い鳥に変身したのでした。

王宮にいつのまにか、四ひきしかいなかった碧い鳥は、たくさんに増えていました。

ハーリーも王も王妃《おうひ》もみなおどろきました。

この春、卵からかえった、四羽と大人の鳥がたくさん?!

その中の碧い鳥のリーダーは、ハーリーの肩《かた》にとまっていいました。

「どうです、ハーリー皇太子。わたしがいったように、百年の魔法《まほう》が帰ってきたのです。そして王室も変わります。これは自然の摂理《せつり》ですから、おどろかないように覚悟《かくご》をしてください」

「……覚悟《かくご》っていってもぼくは分からないよ」

ハーリーは楽しそうに、宮殿《きゅうでん》を舞《ま》うきれいな碧い鳥をながめながら、不安と前途《ぜんと》の見えない苦しみにつつまれました。

その翌日のことでした
だれ一人知らない間に宮殿の奥《おく》にも変化がありました。かえるは続々と王の部屋をめざしていました。

王は昨日の国民の言葉を考えると何かが起こりそうで、心配でした。

「大変だ、大変だ！」

門番は大声でわめいています。

さわがしいので、ハーリーも気がつきました。

(何が起こったというのか……)

しばらくすると、ヘンリーを先頭に、国民がどっと押《お》し寄《よ》せてきて、王宮は大そうどうになりました。

「何事です?」

「見てのとおりだ。国民はいかっておる。フイリップ王はどこだ?」

「待ってください。ヘンリー様、王様は体調がすぐれないので休んでおられる」

「よしっ、いけー　王は寝室《しんしつ》だー」

「お待ちください、今は!」

ハーリーの言葉はむなしく、暴徒と化した国民は頑丈《がんじょう》な王の部屋の扉《とびら》をこわして、なだれこみました。

やっと王宮の兵隊が出動しましたが、間に合いません。

「王様おわかりかな。昨日の予告どおり、さあ、今すぐにここを去ってください」

「な、なんだと?」

「世の中は変化している、王制はもう終わりだ、過去の制度だ、早く出ていけ、それとも逮捕《たいほ》されたいのか?」

「何をいっておる、ヘンリー」

「つかまって死罪になりたいのか、今すぐ王を捨てて国民になるのだ」

それがヘンリーの兄に対する、せめてもの思いやりなのか。

そのとき、王の部屋にたどりついたかえるたちが、暴れまわるヘンリーの手下たちにとびつきました。

「きゃっ」

「気持ち悪い」

「おれの体に……きゃっ」

かえるたちはここで負けてはならないと、大あばれしました。

しかしかえるはそれ以上王を助けることはできません。

「きゃあ、助けて！」

ハーリーもひっしで抗議《こうぎ》しましたが、どうすることもできないままに、身分も生活もうばわれてしまいました。

ヘンリーはいつの間に国民をとりこんだのでしょう。

ハーリーも王宮の人も、命だけは助かったのが幸いだったのかもしれません。

場外にはたくさんの、かえるがいました。

「ハーリー様、残念ながら、こうなりましたがこれは大変意味のあることです。

百年の魔法《まほう》が帰ってきた、ということは、幸せに必ずなれるということでもあります。ハーリー様の歩まれる道はけわしいですが、一直線です。

どうかまけないでください。

碧《あお》い鳥も、フィリッピンの山奥《やまおく》に帰ります。ゴクラクチョウといっしょに暮らすそうです。

わたしたちは、この池でただのかえるにもどって暮らします」

かえるは去り、ハーリたちは王宮を去り、一体どこへいくというのでしょう。

ハーリーは一生懸命《いっしょうけんめい》考えました。

(そうだ！　友人のレントをたずねよう)

貴族であるレントの館《やかた》はとても大きく、彼は喜んでむかえてくれました。

レントはふつうの貴族だけではなく、世界にもまれな大富豪《だいふごう》でした。

しかし喜んでむかえてくれてずっといられるように、ともいってくれましたが、ハーリーは、その好意《こうい》はことわりました。

とりあえずの生活だけで十分でした。小さい家と生活資金、それだけあれば十分でした。そして、自分は一国民でいいといってレントの館を後にしました。

小さな家で、王も王妃《おうひ》も妹も力を合わせてこの急場をしのぎ、いつの日かまた王宮と生活をとりもどす、とちかいました。

その日から身分を捨てて、生活のためにはたらきました。

しばらくすると、ハーリーは国の代表として活躍《かつやく》することになりました。

農民は農業を、商売人は商売を一生懸命《いっしょうけんめい》にすることをちかいました。

王宮はないけれど、大きなそまつな建物が一国民から提供されました。

みなが集まる場所さえあればまだいいのです。

まずハーリーはいちばん大事な仕事がみなにいきわたるように、どんなお年寄りも子どもにも、勉強以外にも家のことを手伝うように、団結するようにいいました。みなは賛成してくれて拍手《はくしゅ》してくれました。

アプリコットも、かえるのことが気になっていたので庭に出ました。

そこには一つも変わらない池があってかえるはたくさんいました。

けれども魔法《まほう》の、人間の言葉を話すかえるはいませんでした。

(どうしたんだろう、どこへいったのか?)

考えてもしかたがないのにハーリーは考え事をしていると、耳元で小さな声がしました。

「ハーリー皇太子!　ぼくですよ」でも姿は見えません。

「昔、今よりも昔のことです。もう千年になりましょうか。魔法使いの中に神様みたいな人がおられてぼくたちは魔法の使い方を伝授されたのでした。たくさんのかえるたちがおり、みんな人間にいじめられていました。そうして魔法を使って人間をこらしめていましたが、悪いことはできません。今度は世の中が変わって人間を助けるようになりました。

すると、その神様はかえるが鳥に変身できるようにしました。いいことをしたら必ず碧《あお》い鳥

になれるのです。でも百年ごとに時代は変わります。

今は変わり目なのです。碧《あお》い鳥は……。

そして碧い鳥は虹色《にじいろ》になって今でも飛んでいますよ。

その子孫ですが。フィリッピンとか、東南アジアの奥地《おくち》にほら、いるでしょう。ゴクラクチョウともいいますね。あの鳥を見たら本当にここは極楽なのかと思うほどきれいです。ゆったりとながれるようなおおきな優雅《ゆうが》な尾《お》の羽。頭にも冠《かんむり》のような羽が特徴《とくちょう》です。木が多いのによくあの長い羽が木の枝に引っかからずに飛べるものだと、みなはいいます」

「ああ、そんな話はきいたことがある」

「ぼくたちはただのかえるになって、この池にすむことになりました。もうハーリー皇太子様には会えません。碧い鳥もだから姿は見えないはずですが……」

「それはそうと、それなら隣国《りんごく》に上げた鳥は一体どうなっているの？」

「そうそれも重要なことです。将来ハーリー皇太子は隣国のカレン姫《ひめ》と結ばれます。そして再び皇太子になる星の元に生まれているのです」

「えっ何でそんなことを……分かるの？」

「そこまではいえません、でもおめでとう」

かえるの声はそれだけだったのです。

将来、気になっていたカレン姫と結婚《けっこん》すると言われて、思わず本当？と考えこんでしまいました。

今の立場《たちば》はもう皇太子ではありません。一国民なのですが、これからの遠い道のりを考えると結婚の話は一まずお預けです。

それからのハーリーは大変でした。

働いて家族を養わなくてはなりません。

体の直ったアレンといっしょに帰ったアンナにも、いろいろと説明しなければならずハーリーは苦労しました。

食べ物を手に入れるための努力を惜しまず、一生懸命《いっしょうけんめい》はたらきました。

王も妃《きさき》ももう立場はありません。一生懸命粉引《こなひ》きや農作業の手伝いをしなければ自分たちも食べてはゆけません。

そしてあっという間に五年間がたってしまいました。ハーリーはもう二十一歳《さい》の若者にアプリコットは十七歳《さい》になっていました。

ハーリーは国の代表として隣国《りんごく》に行くことになりました。

というのはリチャード王国は牧畜《ぼくちく》がさかんで、ハーリーの国は野菜やくだものが主にさかんでした。

隣国《りんごく》のソフィー王妃《おうひ》は何とかして自国も、農業や野菜果物の、たくさん取れる国にしたかったのです。

そこで技術の交換会《こうかんかい》という名目で、ハーリーを呼んで教えてもらいたかったのでした。隣国へいくのは久しぶりのことです。皇太子だったころ碧《あお》い鳥を差し上げるためにいったきりでした。

碧い鳥はうわさにも聞いたことがなく、自分の目で無事を確認したかったのでした。

それにもう一つ、カレン姫《ひめ》はどうしているのかと。やはりかえるに将来結婚《けっこん》する運命だといわれれば気になるのでした。

今は一国民ですが、やはり隣国におみやげを持たなくてはなりません。

今とれる野菜や果物、そして小麦など馬車にいっぱいつんでいきます。

(このイチゴや、ブドウなどきっと喜ばれるにちがいない。とくに女の人には……)ハーリーはこのおみやげに自信満々でした。

ハーリーはすっかり体の健康をとりもどした弟アレンといっしょに行きました。

到着《とうちゃく》すると国王やソフィー王妃がでむかえてくれて、おみやげをとても喜んでくれました。

そして歓迎《かんげい》の乾杯《かんぱい》から始まって、たくさんのごちそうでもてなしてくれました。

カレン姫はその席で紹介《しょうかい》されました。

「やっとわが愛娘《まなむすめ》は社交界デビューをこの前果たした。カレンという。ハーリー君もアレン君もお友達になってやってくれたまえ。そしていろいろと教えてやってくれ!」

王はすっかり大人になったハーリーを見て、たのもしく思いこのような言葉をかけたのでした。（昔の王様とは少しちがう……）

ハーリーは昔の戦争《せんそう》好《ず》きの王とは少しちがうように見えました。

カレン姫は食事のあといいところに案内する、といってハーリーをある場所へと連れていったのです。そこには……！

そこで見たもの、それはあの碧《あお》い鳥ではありませんか……。

「おおっ、あの碧い鳥！」

ハーリーは仰天《ぎょうてん》です。こんなに長生きするなんて。とうの昔にもういないなんて思っていましたから。

そして自国から送り込んだ飼育員も元気でした。

「ハーリー様！」

さすがにうわさに聞いていると見えて皇太子とは呼びません。

「お元気で何よりです。わたしはたった一人でこの碧い鳥を、育てなくてはならないので一日も休めません、そしてどこへもいけません」

「それはご苦労です。でも碧い鳥が元気で何よりいちばんうれしい。この鳥は何年ぐらい生きられるの？」

「たしか十五？　六年は……」

「そんなに？」

「そうですよ。で、ハーリー様の国では今何びきが生き残っていますか？」

「ぼくの国はもう王宮を出た時点で、碧《あお》い鳥さんはどこかにいってしまったよ。それをさがすこともできないほど国は大混乱した。

だからぼくも今は皇太子でなくハーリーという若者さ。そして不思議なかえるも、もういないのさ。

今やっと少しはましになってきたけど、みなはぼくを代表に選んでくれている。

そして弟のアレンも力を貸してくれている」

「そうでしたか……うわさには聞いていましたが……」

「ぼくは何も望まないが、碧い鳥だけはどこへも行ってほしくなかった……」

「ハーリー様……」

いったんは出て行ったカレン姫《ひめ》がまた入ってきました。

「ま、そうでしたの……。ごめんなさいね。聞いていたわけじゃないけど。この碧い鳥は幸せの鳥ですわ。本当に不思議ですね。ここの鳥だけが生き残るのは……」

カレン姫《ひめ》はニコニコわらいながら「もっといいもの見せてあげる！」

といってちがう部屋に案内しました。

それは……ハーリーにとっては奇跡《きせき》でした。おどろいたのなんのって、あれはまぎれもなく碧《あお》い鳥ではありませんか！

「それはまだ昨日のことです。ハーリー様が来られるのを待っていたように……この鳥が舞《ま》いこんできたのです！　不思議です」

カレン姫《ひめ》はとても頬《ほお》を紅潮させていました。

ハーリーも思わずいいました。

「これは……奇跡だ……」

この鳥は飼育員によると母になる鳥だそうです。それならなおさらまた卵を産んでくれるかもしれない。幸せの碧い鳥になるかもしれないのです。

カレン姫もハーリーも喜んで、飼育員のところにかけつけてくわしい話を聞きました。

ハーリーにとって久しぶりのいちばんうれしい出来事でした。

飼育員もこのことをとても喜んでいました。

そしてカレン姫も、もし赤ちゃんが育つようであれば、きっとお返しに二羽の碧い鳥をハーリーに差し上げましょうと約束しました。

ハーリーはメアリー元王妃《おうひ》がどれだけか喜ぶことだろうと思いました。

あれ以来元気のない今は王妃でもない、義理の母でしたが。

妹のアプリコットも、きっとまた元気をとりもどせることだろうと、心の中で幸せにつつまれました。

それから自国に帰ると、その話をみなにしました。

みなもとても喜んでくれました。

次の年、そのことは本当に現実になりました。そしてハーリーも、カレン姫《ひめ》もすっかり仲良しになってしまいました。

それを見たカレン姫の父王はある日、大きな決心をしたのでした。

そして自ら一人ハーリーの国へとやってきました。

「ハーリー君。君にお話があってきたんだ。聞いてくれるかね……

よーく考えて返事をくれたまえ！」

「はい、こんなところへ王様が、お越《こ》しに？」

「実は……カレンの婿《むこ》になってやってはくれぬか？」

「はぁ？　とつぜん……」ハーリーはおどろきました。

そのような言葉が国王の口から聞くことはおどろきでした。そのようなことを考えたこともないし、ハーリーは婿養子に行く気もないのです。

でもきらいではなかったのですが、あまりにもそれはとうとつでした。

「どうしても、カレンはハーリー君でなければならないと、決意が固くてねえ……」

「……ぼくは、今は一人のただの人間です……肩書《かたが》きも何もありません」

ハーリーも即答《そくとう》はできませんでした。大事なことだし、一人では決められないし、ましてふつうの国民にもどっているからです。

「いやイエスかノーかだけを聞きたいのだ。今日はいい返事を聞くまで帰らんよ！」

ハーリーも困りました。

それでもリチャード王は、しつこく聞きます。

そこでやはり即答はできないけれど、とりあえず相談してから、と言うことになり王はすごすごと帰りました。

「ハーリー、せっかくここに養子に来て幸せになるはずが、こうなってしまった。わたしはハーリーのためにも、隣国《りんごく》で皇太子になるべきだとおもうがね」

前父王は自分の力のおよばなかったことを、悔《く》いてそういってくれます。

「父上、そんな風には思っていませんよ。今でも十分幸せです。だからこの国を国らしくするために努力する。……これがぼくに与《あた》えられた、使命と言うものです」

「そうか……よく言ってくれて感謝するよ。だがね。いずれはだれかと結婚《けっこん》せねばなるまい。ハーリーの悔いのないように遠慮《えんりょ》はいらないよ」

「ありがとうございます」

「ハーリー！　わたしも賛成するわ。この国のことは、心配しないで」

メアリーも賛成してくれます。

「お兄様、わたしのことなら心配しないで！　カレン姫はいい人だわ！　それに皇太子にぜひなってほしいの」とアプリコットもいいます。

それからハーリーには正式な使いが来ました。

カレン姫からのプロポーズでした。

ハーリーも自分にその使命があるのなら、それは運命に任せて、さからわないほうがいいのかもしれない、と決心したのです。

実の母アンナや弟アレンは、反対しませんでした。

みなに祝福されて、とうとうこの話はまとまりました。

そしてもう明日にも隣国《りんごく》にいく前の夜のことでした。

内輪の祝宴《しゅくえん》が開かれ、ハーリーはのみすぎてほてりをさましに、小さな池にたちよりました。

「ここはもとのあの魔法《まほう》のかえるたちが住んでいた場所……さようならかえるさん、楽しかったよ！」

ハーリーは小さい声でお別れをいうと、一ぴきのかえるがぴょーんと足にからみついてきました。

「……？」

ハーリーは、そっとかえるを取り上げ手のひらにのせました。

「かえるさん何か用？」

「ハーリーくん！」（えっ！？）今確かにハーリー君、と聞こえました。

「かえるさん、しゃべれるの？」

「はい、昔のあのかえるがもどってきました」

「あの大きなかえるが……？」

今は小さいままで、リーダーかふつうのかえるかも全然分かりません。

「ははは、実は……」

かえるがもどってきた……。百年の魔法《まほう》のかえるが……？

それは何もかもがハーリーへの試練なのでした。王子や皇太子ではなくふつうの男の子として。

ハーリーは別に、皇太子にもどりたいと思っているわけではありませんが。

かえるは続けます。

「みな試練に耐《た》えて立派に成長しましたね。そろそろ百年の魔法が帰ってきても不思議はないです。

ハーリー様、安心してリチャード王国に行きなさい。どちらもいい国になるはずです。

それでもうじき碧《あお》い鳥の赤ちゃんが、生まれるはずです。そしたら必ずハーリー様の手で元の国に収めてください。つまりご自身で、来てくださるようにお願いします」

また王宮が復活する？　それは信じることができないことでした。

「それからもう一つ変わることがあります」

「もう一つ？」

「そうです。それは弟君のアレン様が、アプリコット姫《ひめ》と結婚《けっこん》なさるのです」

「えっ！　そんなこと一言もきいていないけど……」

「まだ二人も知りません。でもそうなるのです！」

かえるは自信ありげにいうのです。

これにはハーリーもかなりおどろきました。

「でもそのほうがハーリー様にとってもいいでしょ。お母様もお父様も安心して暮らせると思うけど……」

「それは……ぼくがいちばんの心配していることだけど……。そんなに物事がうまく進むとは考えられないね」

「こちらのほうは何も心配いらないってことです。それより隣国《りんごく》にまけないいい国を作ることですね。そのためにアレン様と、いい意味で競争するのです。それがたいせつな仕事です！」

ハーリーはとうとうそのときをむかえていました。

かえるが言ったことを、今まで一度もちがったことはないと信じよう……。

そして大勢《おおぜい》のみんなに見送られました。

「ハーリー！　幸せに……なっておくれ……」アンナもジョセフも心配そうでした。

前父王とメアリーも「せっかくここにきたのに……でも幸せになってください！」今まで何もできなかったことを悔いて、涙《なみだ》を流しました。

「心配しないでください！　お義父王様《とうさま》もお義母様《かあさま》も、これからはみなのことをよろしくお願いします」

弟アレンをよろしくはいえません。まだだれも知らないのですから。

そのころヘンリーの納める（フィリップ前）王国のすべてについて、国民からは不満が勃発《ぼっぱつ》していました。

王宮のすべての従ぼくたちも、女官たちも、ハーリーが去ってからの、五年間の悪政を、もう少しも許すわけにはいかなくなりました。

そのことは、もちろんアレンに伝わっていました。

そして国民も、今までより重い重税に苦しみ、このままヘンリーに任せることが、できなくなりました。

ヘンリーはただ、何も考えず、側近の執事《しつじ》のいうがままでしたから、当然うまくはいきません。

勉強などしない人でした。

王という地位に、ふんぞりかえっている王……毎日ぜいたく三昧《ざんまい》。それは執事の陰謀《いんぼう》でもありました。

（思い切りぜいたくさせて、一日もはやく命が縮まればいい）

などと考えていましたから、うまくゆくはずもありません。

あれから五年の歳月《さいげつ》が流れ、そのころはヘンリー王の王国は、かたむきはじめてました。

「近いうちに王宮は破滅《はめつ》に追いこまれる、そのとき、反旗、よろしくお願いいたします。わたしたちは以前の宮殿《きゅうでん》にもどしたく……」

ある日とつぜん、ハーリーにこのような書簡がとどきました。

それには日づけがかいてあり、門番を買収して開けさせておくので、一気に兵を送ってほしい。兵がなければ、農民でよろしい。それから武器倉庫もあけておく由《よし》。

ハーリーは戦いは好《この》みませんが、このチャンスはのがせない、とかんがえました。結婚式《けっこんしき》も近いというのに、ハーリーは頭が混乱しそうでした。

フイリップ王国の昔の臣下が、今のヘンリーに不満で、もちろん国民も悪政になやまされていたのです。

ハーリーは、その日のために、ひそかに裏工作をはじめました。

反対する人はほとんどいなかったので、国民のみなはハーリーの指示どおりに動きました。

その日宮殿の近くの森に集結し、静かに行動をはじめます。

同じころ、ヘンリーの身内も反乱をくわだてていました。

買収された門番や、見張りの者はみなが乱入してきても、王には知らせませんでした。

ヘンリーはのんびりと朝の髭剃《ひげそ》り中でした。

鼻歌を歌いながら、ちかよる不審なこともしらずに……。

細長いアゴを突き出し、剃りのこしのないように、夢中でした。

とそこに、乱入してきた大勢《おおぜい》の臣下、農民たち、の姿におどろくヘンリー。

まだ半分剃り残しがあるというのに。

その顔は実におかしいものでした。反乱軍はそんな剃り残しも許しませんでした。

たちまちつかまってしまいました。

かつてヘンリーに使えていた人たちも、一瞬《いっしゅん》にしてハーリーの味方になりました。

半分ヒゲの剃り残した、こっけいな顔のヘンリーに対面したハーリーはいいました。

「いつかのおかえしだ。国民はみなヘンリーの国政をいやがっている。王国はかえしていただく！」

こうしてフイリップ王国は、王の手にもどりました。

ヘンリーは結局、王制廃止《おうせいはいし》などといいながら　何一つの改革もできないままつかまってしまいました。

王の弟ということでなかなか、裁判もうまくいかず、ずるずると前の立場《たちば》に収まりました。

ハーリーはしかし、それどころではありませんでした。

リチャード王国のカレン姫《ひめ》との結婚《けっこん》がせまっていたのです。ハーリーはこの日のために仕立てた、萌黄色《もえぎいろ》の軍服に身をつつんで、颯爽《さっそう》とフイリップ王国を後にしました。

名残惜《なごりお》しい何年かの生活は、今日からまた新しい日々になります。

ハーリーがリチャード王国についてほっとしたときでした。執事《しつじ》が一人、身の回りのお世話係が二人、そのほかもろもろの関係者が、五人もついてきていました。

その中の一人が荷物の中から発見したといって、ハーリーに手渡《てわた》したもの……それはあの小さなかえるだったのです。

「えっ！　かえる君！」

ハーリーはおどろきましたが、かえる君はみなの前ではおしゃべりをしません。

いやまだ聞いたことがないのです。

（ついてきたのか……どうして……？　でもまあいいけど、ここでは水もないのでとりあえず池をさがそう）

カレン姫はこわがらないだろうか、いやがらないか、と少しだけ心配でしたがその心配はどうやら無用だったようです。

「だいじょうぶです。あたくしはかえるさんは大好《だいす》きです。そうだ今度あたくしたちのお部屋の前に池を作っていただこう！

さあ、ハーリー様、改めてようこそ！　よくおいでくださいました。もうじきお式が始まりますわ」

その日のうちに、かえる君のすみかは作られました。

みなの大歓迎《だいかんげい》の中、ハーリーとカレン姫《ひめ》の結婚式《けっこんしき》は、始まりました。

国じゅうで総動員して華《はな》やか、そしておごそかに式は行われます。

そしてハーリーの国からも大勢《おおぜい》の招待客がつめかけました。

「おめでとう！」

「おめでとう」

「ありがとう！」ハーリーはこんなにうれしいことは、ありませんでした。

「ありがとう、続いて皇太子の式もあります」ハーリーにとって二度目の……。

「二度も皇太子の戴冠式《たいかんしき》をむかえる王子はいまだかつて聞いたこともない」

と世界じゅうの話題になり、ハーリー皇太子は有名になりました。

これまで取引《とりひき》のなかった国からも農産物や、羊の加工品などたくさんの注文も来るようになり、ハーリーの国といっしょに、たくさんの人や、ものが、出入りするようにもなりました。

皇太子の式もおごそかに行われ、ハーリーが落ち着いたときでした。やっと急がしさから開放されてかえるに会いにゆくと……。

いつの間にか、かえるがふえていました。

「どうしたの？」

「はい！　フイリップ王国の池のかえるたちが引《ひ》っ越《こ》してきました。これからまたこちらもかえる王国になります。あ、そうだ、もう間もなく碧《あお》い鳥さんもヒナがかえるころです。ハーリー皇太子様、見にいってごらんなさい」

「えっ本当？　それはうれしいことだ……」

（さあ、ヒナがかえったら、いそがしい合間《あいま》にメアリー王妃《おうひ》のもとに、届けなければ……）

ハーリーはかえるに言われて、見にいきました。

すると案の定、飼育員がいるらしく、明かりが煌々《こうこう》とついています。

コンコン、とノックをしてハーリーは碧い鳥の飼育室に入りました。

飼育員はハーリーを見ると、おもわず人差し指を口に当て静かに……というしぐさをしました。

ハーリーが近寄ると、そこには生まれたての鳥の赤ちゃんが……。

（わぁ？　かわいい？　ばんざい！）それは大きな声でいいたかったけれど、がまんしました。

鳥の赤ちゃんは、まだ毛もなく黒くて、かわいい姿ではありませんでした。

ハーリーはだれよりもこの日を待っていました。

黒いこんなに小さい鳥が、二、三日もたつと白く変化し、やがて羽毛が生えてきて、かわいい小鳥になるのです。メアリー王妃がどれだけ喜ばれるか、ハーリーは考えただけでも楽しいことでした。

次の日には、ソフイー王妃もたずねてきて大喜びでした。

そしてその日は大きな知らせが、とびこんできたのです。

それはアレンが、アプリコット姫《ひめ》と結婚《けっこん》するという知らせでした。

「えっ！　本当ですか！」本来ならばおどろきをかくせないハーリーでしたが、かえるに聞いて知っていたとはいえ、本当になったことをおどろいているのでした。

使いの者は続けていいます。

「つきましては早急ですが、三ヵ月後に式が行われることに、決定いたしました。ハーリー様の弟君はわが国の皇太子になられます」

「そんなに早いのですか、それはおめでたいことです！」

「ではこれでわたしのお勤めは終わりましたので失礼いたします」

「少し待ってください、こちらからは、お伝えしたいことが……」

「はい、なんでしょう」

「メアリー王妃様に伝言ください。近いうちに碧《あお》い鳥を、お持ちいたしますと……」

「え、生まれたのですか！　それは……喜ばしいことです」

ハーリーはさっそく王と王妃に会って相談して、弟のためのお祝いを注文にいきました。その足でかえりにアレンと、アプリコットにお祝いを述べました。

「おめでとう、まさかアレンが、アプリコットといっしょになるなんて、夢にも考えていなかったよ」

「これもかえるさんの忠告《ちゅうこく》かもしれないわ。……でもこの国がうまくゆくのなら、わたしはいいと思うし。第一お母様が大賛成なの」

「あら！　ハーリー皇太子！　おいででしたか？」

そこに入ってきたのはメアリー王妃《おうひ》でした。

「あっこんにちは。いろいろといそがしくなりますね」

「そう、おめでたいことが続いていちばんうれしい悲鳴だわ……」

「王妃様、今度来るときは、碧《あお》い鳥のヒナがいっしょですよ。お喜びください！　元気にそだっていますから！」

「本当ですか！」

「ええ本当ですとも」

「そのことで、とても悲しい思いをしていたわ。これからまたこの宮殿《きゅうでん》にも、碧い鳥が飛んでくれるの……とても楽しみ」

「そうですとも、宮殿は以前と同じように楽しくなりますよ」

「では近いうちに、アプリコット姫《ひめ》にもお祝いの品々をお持ちします」

「ありがとう！　あら、もうお帰りになるの？　一度お母様にお会いして帰られたらどうですか？」

「そうですね。長いこと会ってないような気がする」

ハーリーは決して忘れているわけではありません。

母をたずねると以外に元気でしたが、ふとかげりの表情があってハーリーは心配でした。

「いろいろとね。それは……アレンも結婚《けっこん》するけれど、やはりこのような立場《たちば》では気が引けてね。……」元気がない状態だということです。なんとかアレンの結婚式までには、元気になってもらわないと。

ハーリーはどうすることもできません。

ハーリーは結局なにもできないまま、隣国《りんごく》に帰らなければなりませんでした。何か重いものが感じられて気は晴れやかではありません。

そこでハーリーは、アレンに相談してみることにしました。

それから一ヶ月があっという間に過ぎて、ハーリーが再びアレンに会いに行ったころは、バラが満開に咲くころでした。

ハーリーは赤と黄色のバラの花束を作らせて、母の元に送り届けました。小さな手紙を添えて。

「母上様、日ごろはきっとおいそがしく、過ごされていることでしょう。たまにはゆっくりとしてください。きっとお疲《つか》れもあるでしょうし。

このバラを活《い》けてどうか元気を出してください。なやみがあればいってください。ぼくも少しは力になりましょうから」

母アンナもジョセフも、自分たちのことを気にかけてくれるハーリーのために元気を出さなくては……と思いました。

アンナはアレンが結婚《けっこん》すれば、宮殿《きゅうでん》を去り自宅にもどりたいという希望でした。ハーリーがいれば、やはりいなければならないけれど、ふたりとも自立しているので、自分たちはゆっくりと過ごしたいと思うからでした。

宮殿もよいのですが、何かと大勢《おおぜい》の目があり、アンナはつかれてきたのです。

(昔のように貧しくてもいい、宮殿の生活はわたしには合わない)

貧しい生活をすることもありませんが、アンナは強い決心をしていました。

それからしばらくしてのこと、ある日とつぜん、ハーリーが行方不明《ゆくえふめい》になったというのです。

宮殿は騒然《そうぜん》となりました。

宮殿は上も下も大さわぎでした。

「最後に見たものはだれだ!」ということになってハーリーの執事《しつじ》が、午後の十一時ごろを最後に寝室《しんしつ》に入られた、ということでした。

ところが朝になっても、いつまでも起きてこないのを心配して、部屋に入るとだれもいなかったということです。

朝から宮殿の大捜索《だいそうさく》が始まりました。

みなは必死でさがしました。ところが一向に見つからないのでした。

そのころ、ハーリーは……。

前の日ねようと思ってベッドに横になると、すぐにコンコンとノックの音が聞こえたのでだれだろう……と部屋を開けると、そこにいたのはかえるでした。

「どうしたの？　いまごろ……」

「だれにもないしょです！」かえるはハーリーにささやきました。

かえるはまるでこちらへ……というようにハーリーを外に案内しました。

池に待っていたのは……！　なんとハーリーの半分くらいの背丈で顔も姿形もかえるそのものでした。そして着物のようなものを着ていたのです！

でもその顔を一目見ると笑わずにはいられない……こっけいさで、思わずハーリーも笑ってしまいました。

「はははははは、一体どうして？」

それはしわだらけのかえるの、おばあさんという顔でしたから。

「よくきたね。ハーリー皇太子！　さあ、わたしのすみかを見せよう！」

「あっ！」

おもしろそうなおばあさんは、かえるそのものの手で、ハーリーの手をギュッとつかんでしまいました。

あっという間にハーリーは、水のうずに包まれてしまいました。

おどろいている暇《ひま》もなく、ハーリーが見たものは竜宮《りゅうぐう》ならぬ、かえるの宮殿でした。

これがきれいなハーリーの宮殿と、よく似た宮殿ではありませんか。

「よくきてくれました」

かえるのおばあさんは、ニッコリとハーリーにあいさつをします。

「わたしたちは毎日池の中の宮殿《きゅうでん》でこうして暮らしています。みな働き者でわたしはここのいっさいをしきっています。

この宮殿はまだついこの間、つくられた池ですから新しくてきれいです。

そう、フイリップ王国の池からうつってきたのです。ハーリー様にはこれからまたこの国で、活躍《かつやく》をしていただかなくてはいけないので、今日はここにお呼びしました。どうか見学だけでもしていってください！」

「まるで竜宮のようだな……」

「ここにも、かえるの姫《ひめ》がおりますよ」

「かえるの、お姫様？」

「そうですよ。かえるの、お城だから姫様もいなければね」

そういうとかえるのおばあさんは、姫とよばれるかえるを連れてきました。

やはりふつうのかえるよりは大きく……けれどもハーリーには美人（かえる）かどうかはわかりませんでした。

ひらひらとした藻《も》のような衣装《いしょう》で、これがきっと姫の衣装なんだとハーリーは理解しました。

「で、王子様は？」

「今花婿募集中《はなむこぼしゅうちゅう》なのですよ。なかなかいないのよ、それが……ハーリー皇太子みたいないい男の子がいればねぇ」

ハーリーは思わず吹《ふ》きだしてしまいました。悪い気はしないけれど、いい男の子といわれたらくすぐったい気分でした。

「それはそうと一つ疑問があるのだけど、……」

「何でもいっておくれ」

「ぼくが前に住んでいたとなりの国の池には、こういう宮殿《きゅうでん》は池の中にあるの？」

「いい質問だね。あったさ、つい先ごろまではね。でももう百年も昔のものだからこの前とりこわしになりそうだったけど……。そしてここに新しい宮殿ができたというわけさ。けれども引っ越しにどれだけの犠牲があったか、ハーリー様にはお分かりになるかな？」

「もちろん分かりますよ。君たちは小さいのでまるで、地球を半周するような思いだったにちがいない」

「そうそう、さすがは……それでね、こちらからもお願いがあるのですよ」

「お願い？」

「そうです。リチャード王国まで、かえるがいける道を作ってほしいと……」

ハーリーは返事に困りました。

「ねえ、お願いしますよ。こればかりはわたしたちにはできないことなのです！」

「うん、どうすればいいのかなぁ？」

「そこはハーリー様の賢《かしこ》い頭の使いどころですよ。これを答えてもらわないとここからお帰しすることはできません」

「えっ、帰れないの？　みな心配しているよ」

「それからもう一ついいものを見せてあげよう」

「いいもの？　何だろう……？」

「あれ！」

かえるの、おばあさんの言う方向には「金の卵」が……光っているではありませんか。

「あれは……」

「本当に？　あれはまさしく金の卵ではありませんか」

「そうです。これは大切な金の卵です。かえる大臣（遠い千年の過去から続く、かえるの兄弟で二番目の代表）が近くこられるのでその前にいただいたもの。これをおみやげにハーリー様に渡《わた》してくださいと……」

「えっ！　かえる大臣様、それは本当ですか？……そういえば、メアリー王妃様《おうひさま》はあれからあの鳥については何も話されない、どうしてだろう」

「そりゃあそうですよ。何かいったら上から下まで大騒《おおさわ》ぎだし、第一みんなの関心をそらすほうがやはり賢い。それゆえに王妃様はひとりなやんでおられる。

だからこの金の卵をだれにも知られないように、王妃様《おうひさま》に届けなさい。本当の金の鳥が生まれるはずです。かえる大臣様のプレゼントです」

「えっ、プレゼント……本当の金の鳥が……信じられない……」

「そうです、さあ、ではあのことは必ず約束しましたよ！」

「いや、まだ……あっ！」間髪《かんはつ》をいれずにハーリーの手は、おばあさんの手ににぎられていました。

かつていったんフイリップ王国は崩壊《ほうかい》しました。そのとき碧《あお》い鳥もどこかに飛びさりました。しかし、再び百年の魔法《まほう》でよみがえったメアリー王妃のもとには、こっそりと金の鳥が帰ってきていましたが、王妃は表だってみんなにいうこともなく、じまんすることもなくひっそりと飼育されていました。

ハーリーもちらっと聞いただけでした。だからもうその存在すら気にもしていなかったのでした。

ハーリーはあっという間に、池の淵《ふち》に投げ出されていました。

手にはしっかりと金の卵がにぎられていました。卵はアヒルの卵ぐらいで、ニワトリより少し大きめでした。

（秘密にしなくては……）ハーリーはだれかに見つからないように、うちポケットにあわててしまいこみました。

まわりを見わたすと幸いだれもいないので、自分の部屋にだれにも見つからないでもどることができました。部屋にはだれもいないはずなのに……。

ハーリーが裏のドアの鍵《かぎ》を開けると、中にはニッコリとした一人の人物が待っていました。

「おや？　君は」

「はいそうです。勝手に入ったのではありません。かえるさんに案内されて……」

「飼育員のモーリー……そうか。まあいい。これを早くあたためなければ……」

「はい。分かっております。その前にあたためながらメアリー王妃様のもとに……」

「そう、よく知っているなぁ。ではわたしがいかなくても届けてくれるの？」

「はい、そういたします」

ハーリーは内心ほっとしました。自分が出向くと目立って、秘密が秘密ではなくなるからです。

モーリーは鳥の専門家なので、どうにかしてくれる……ハーリーは安心していました。

かえるとの約束を一つ果たしたハーリーは、もう一つの約束を思いだしました。

あちらとこちらの国を結ぶ道を……。一体どうしたらいいのかと考えました。

「うーん、むつかしいなあ。どうすればいいのか……」

ハーリーにとっては、道を作ることは簡単でも相手はかえるなので、炎天下《えんてんか》を歩けないし、まして地下トンネルを掘るのも大変ですし。

一生懸命《いっしょうけんめい》に考えていました。

そのときです。ドアがノックされて、ハーリーの執事《しつじ》が入ってきました。

「ハーリー皇太子様、どこへいかれていたのですか！　みなが心配してあちこちをさがしていますよ。今飼育員に会って聞いてきたのですが……ここにずっとおられたのですか？」

「ははは、ごめん、ごめん。このとおりここにいるよ。心配かけて悪かった、謝るよ。実は池に……いやなんでもない」

ハーリーのことを、だれよりも心配していた、カレン姫《ひめ》がやってきました。

「まあ、どこへいかれていたのですか？　わたしは大変心配しておりました」

「ああ、カレン、ぼくは……」

説明しようと思ってふとハーリーは、かえるのおばあさんに池に引《ひ》き込《こ》まれたなどということは、きっと信じてもらえないだろうと思いました。

「ごめん。この池を散歩していると、いつの間にか遠くにいってしまって……」

「もう明日は碧《あお》い鳥を、となりの王国にさしあげる日ではありませんか。わたしもお供《とも》いたします。あいさつがてら。さて何を着ていったらいいのかしらね」

「ああ、そうだったよ。……衣装《いしょう》はわたしには分からない。ソフィー王妃様《おうひさま》に相談されたら？」

「母上はおいそがしそうだし」

「そしたら妹君に見てもらったら……」

結局いちばんのお気に入りのオレンジ色のドレスに決めました。

しかし、決まったことはよかったのですが、しばらく姿が見えなかったことに関して国王からお叱《しか》りを受けました。

ハーリーは、ただひたすらあやまりました。自分から消えたわけではないのに。公《おおやけ》の人というものは、いつも所在を明らかにしなければなりません。

この国の人たちはまだあまりかえるに関しても、理解もないようなのでハーリーは困りました。

でもなやんでいてもどうすることもできないので（まあいいか……）ハーリはいつまでもくよくよしませんでした。

カレンと、碧《あお》い鳥の飼育員とで里帰りをもかねて、行くことにしました。

王もメアリー王妃も碧い鳥が帰ってきたことに、とても喜ばれました。

そして金の卵をこっそりと、届けたお礼も忘れずにいわれました。

そのときでした。この国の飼育員がかけつけてきました。

「た、大変です！　王妃様！」

「どうしたの？　今いきますよ」

メアリー王妃は（ひょっとして卵が……？）と心配なのでした。

ハーリーもそのことを心配していました。

金の卵のことは、だれにも言ってはならないことだったので、知らん顔をしていました。

「ねえ、ハーリー様一度お母様に会わせてくださいな。結婚式《けっこんしき》以来お会いしたことがないので……」

カレンはさりげなくそういいました。

「そうだね。わたしはたまに用事でくるとあえるけれど、カレンのこのドレスを見てもらわなくちゃ……しかし今ごろはきっとアレンの式の準備もあるだろうけど」

ハーリーは、悪い気はしませんでした。

カレンはそれからアンナに会いました。

「まあ、とってもお似合いですこと。その夕焼け色のドレスはだれがお決めになったの？」

「あたくしですわ、お母様。ハーリー様は自分で決めなさいっていってくださらないのですもの……あたくしは夕焼けがとても好きなのです！」

まだあどけなさが残るカレンは、ちょっぴり義母にあまえていました。

それからアンナは庭にカレンをさそい、かえるのすむ池にいきました。

「すてきですね。この池は……ねえ、お母様この池を見て思うのですけれど……」

「どうしたのですか？」

「はい。ここからあたくしの宮殿《きゅうでん》までは随分《ずいぶん》あるとおもいますが……あたくしのほうの池まで道をつくってはどうかと思いますが……いかがですか？」

「道？」アンナはカレンの言葉が、何を言おうとしているのか分かりません。

「そうです。ここからかえるさんたちも、あたくしの国にもきてくれたら楽しいわ。そしてその道にバラを植えるの……。ぜひお母様にもお手伝いをお願いして。途中《とちゅう》にも池をつくって……バラの木陰《こかげ》ってきっと人々も楽しんで歩けるし……どうでしょう？」

「それはいい考えね。でもアレンの式が終わったら、わたしとジョセフはもう田舎《いなか》のお父様の家にもどって静かに暮らそうと……」

「えっ？　それならなおさら、もう少しだけお待ちください。道が完成してからにしてくださいませ……」

「……でも……」

アンナは、まだはっきりと決めたわけではありませんでした。

そしてそのことは、ジョセフにもいっていないのでした。

カレンは、むじゃきにアンナにせまるのでした。

そのとき遠くでハーリーの呼ぶ声がしました。

「カレン？」

「あら、あたくしを呼んでいらっしゃるんだわ。お母様、それじゃこの話は、今はだれにもいわないでくださいね！」

ハーリーは帰り支度《じたく》をしていました

「アレンも準備でいそがしそうだし、わたしももうじき会議に出席しなければならない。どう？　母上は元気にしておられました？」

「ええ、お元気でした。そしてこのドレスをほめてくださいましたわ。だれが選んだの？とおっしゃったけど、ハーリー様は知らん顔です……と答えましたわ。ウフフ」

「えっ？　そんなことはないだろう？　そんな風にいったの？」

「はい」

カレンは意地悪そうにわらっていました。

何も知らないハーリーは、例の道の件をどうしたらカレンが、なっとくしてくれるか真剣《しんけん》に考えていました。

それからはアレンとアプリコットの式の日が、足早に来てしまって、三ヶ月という日々はもう目の前でした。

あまりにも少ない日々に、みなはとにかく間に合わせなければ、と必死でした。

女性は衣装《いしょう》のために気を使い、男性は式の当日のあらゆることに気を使い、成功させるために必死でした。

厨房《ちゅうぼう》ではその日のお料理を外国からとりよせ、百人分ぐらい用意しなければなりません。

料理長は声をからしてみんなをしかりつけています。とにかく戦争のような騒《さわ》ぎでした。

メアリー王妃《おうひ》はおみやげ担当でした。みなが帰国する際のおみやげをいかにするかみなに協力をしてもらわなければなりません。

それにアプリコット姫《ひめ》の用意もあり、目の回るいそがしさでした。

カレンも例の「道」の話はしばらくお預けにしていました。

メアリー王妃は、ある秘密をまもらなければなりませんでした。

自国の金庫番から、おどかしを受けていたのです。

この国は税金が安いのでもう破綻《はたん》しかけている、と。そして立場上《たちばじょう》知りえた金の卵の存在を知っていて、それを売れば多額のお金が入る、と……。

今回の式と（アレンとアプリコットの）その前のハーリーの式が重なったためとてもたくさんお金が出ていってしまった、といわれ、メアリー王妃も何もいえませんでした。

そして金の卵は飼育係からお金の請求《せいきゅう》があるので、分かってしまったことでした。

王にいってももちろん解決できないことだし。かといってアプリッコットにはそんなことをいうのもいやでした。

一昔まで従順だった金庫番は、最近とても変わって生意気になり、生活も賭《か》け事《ごと》ばかりで、すさんでいました。

そしてあげくの果て奥《おく》さんに逃《に》げられてしまって、余計に気持ちが落ち着かないのでした。

この金庫番は金の卵が羽化して、雛《ひな》に育っていることを知らされていませんでした。

だから金の卵を他国に高い値段で売ろうと、もくろんでいたのですが。

王もこの男の変わりように、気がついていました。

メアリー王妃《おうひ》はこのままアレンとアプリコットの式が、順調には行かないことを知りました。

やはり王に打ち明けるべきかと迷った末、ある日相談しました。

「そうか、うすうすは気がついておった。最近はよく仕事をしながら酒のにおいをさせておる。クビじゃといいたいがのう……。長年やっているのでなかなかクビともいえんし……」

「王様がいえないのならわたしがいいます。わたしがおどかされているのですから、毅然《きぜん》としなければ、金の鳥もきっと売りとばされるでしょう。

それよりも何よりも王様、経理に不正がないかを、すぐに調べてくださいませ」

王はすぐにアレンを呼んで調べるように命じました。

もうじきこの国の皇太子になる身だからでした。

それは極秘にすすめられました。絶対にだれにも知られないように。

それにはアレンが適役でした。緻密《ちみつ》な計算の得意なアレンは、最初の仕事を必死にしました。

これには失敗することは許されません。

自分の結婚式《けっこんしき》にも影響《えいきょう》するかもしれないからでした。

アプリコットには、それは知らされませんでした。この国のピンチ……そんなことを親としても知らせたくありませんでした。

アレンはその日からかなりいそがしくなり、遊んでいる暇《ひま》などありませんでした。

来る日も来る日も、王の書斎《しょさい》で仕事にあけくれるアレンでした。

「ねえ、アレン、近ごろはどうして王様の書斎でばかり仕事をするのですか?」アプリコットはある日聞いてしまいました。

「ああ、アプリコット姫《ひめ》、このたびは国をゆるがす事件なんだ。

わたしも大変だがもう少しかかる。式もせまっているのに……これはどうしてもやらなければならない仕事だ」

アレンはいっしょに昼食をとりながら、疲《つか》れた顔をしていました。

「無理なさらないでくださいね。わたしには何もできないけど……」

「いいんだよ。一人で式の準備をして、ともいえないけどよろしくたのむよ。あと式服だけ合わせれば、ぼくはあまり何も用はないけれど、姫は大変だものね」

「ええ、でもお母様もいっしょに考えてくださるからいいのよ。

それより、そちらのお母様も、近ごろアレンはどうしているのかって、心配なさっていたわ」

「ありがとう。またそのうち……」そういってアレンはさっとたち上がり、仕事にもどりました。アプリコットは少し心配そうでした。

そのころ金庫番のダニエルは、ハーリーとは反対側の国境の町を、子どもとともに馬車にのっていました。

(これはヤバイ)と悟《さと》ったダニエルはもうこの国には、何の未練もありませんでした。

自分が考えついて悪いことをした、という自覚でしたから、わざわざ醜態《しゅうたい》を国民の前でさらすこともなく、あとは野となれ山となれ、自分の知ったことではないと国を去る覚悟《かくご》でした。

ある日とつぜん自分が消えていなくなる。ダニエルはいやがる子どもを連れて、無理やり連れまわすのでした。

「もうばれているころだぜ、ハッハッハッ、今ごろ気がつくっていうのもみな鈍感《どんかん》なんだな。さあ、おれたちは新天地にいく。息子《むすこ》よ、おれについてこい！」

「……父さん、母さんのところに行きたい！」

「……だが、そうはいってもあの国で、いまさら牢屋《ろうや》に入るのはなあ……」

一方ハーリーはかえるの約束を、早くカレンに相談しなければ……とあせっていました。

一日も早く言わなければ、それだけおそくなるのである日とうとう、カレンにうちあけました。

「カレン分かってほしい　ぼくはあの日、かえるの池に引《ひ》き込《こ》まれてしまったのだ！」

「えっ！　そんな……」

「いや本当なんだ。ぼくが行方知《ゆくえし》らずになっていたのも、魔法《まほう》のかえるのせいなんだ」

にわかには信じられないことでした。

「そのときかえるのおばあさんに、約束をさせられてしまった……」

「何をですか？」

「この国と向こうの国の池を、結ぶ道をかえるのためにつくるってことだ……」

「あらっ！　道ですって？　不思議ですね。あたくしはね、幼いころからの夢だったんですよ。それでとなりの国の王子様と結婚《けっこん》して、当然あたくしがそちらの国に行って。でもいかなかったですけど。

そしていつでも帰れるように道を作ろうと……思っていたのです。それが、この間ハーリー様のお母様にお会いして思ったのです。

隣国《りんごく》の池からあたくしの池まで、まっすぐにいける道を作ろうって。

でもひとりじゃないのですよ。お母様もいっしょに！」

カレンは一気におしゃべりしました。

「お母様？」

何も知らないハーリーは、当然反対するだろうと思っていたのに拍子抜《ひょうしぬ》けしました。

「そうなのです。お母様といっしょにできた道には、バラを植えてバラのトンネルにしようとお約束しましたの」

「えっ！……？」

ハーリーはいまさらおどろきました。

一言いっただけでカレンは自分も道を作るというし、しかもハーリーの母親アンナとともに……。バラの道を。

「カレン、本当それって。ぼくは反対されたらどうしようかと思ったり、かえるのおばあさんを信じてくれなかったら、話もできないし、と一人なやんでいたよ。でもうれしい、そういってくれたら……。

きっとすばらしい道ができると思うよ。バラのトンネルはなおさらいい。

かえるさんにとっても日陰《ひかげ》になるし、わたしたちにとってもすばらしい憩《いこ》いの空間になる！」

ハーリーはとても喜び、今までになかった笑顔《えがお》になりました。

「父王様に相談して、アレン様のお式が終わったらすぐに始めましょう。

あたくしたちの記念事業にしましょうよ！」

そのころフイリップ王国はまたまた大騒《おおさわ》ぎでした。

「ダニエルがいない！」

「ダニエルはどこへいった！」

とみんなはさがしています。アレンはやっとダニエルの不正を見つけて、王に報告《ほうこく》していました。

「王様、これは……まれに見る知能犯です。二重帳簿《ちょうぼ》にして巧妙《こうみょう》です！

これは早くかくした帳簿もさがさなくては……」

「何？　本当かそれは！　うーむ、どうしたものか……。共犯者はいないと思うか？　アレン」

「さあ、今すぐにはわかりかねます。とにかく極秘にさがさせます」

「そうだな。いまさらあわててもしかたあるまい。わたしはダニエルの居場所をさがさせよう」

王は立ちあがりました。

そのとき、国王はふと立ちくらみに見舞《みま》われました。

よろよろとする王を、アレンはあわててかけより支えました。

「王様だいじょうぶですか？」

「うん？　ちょっとくらくらする……」

顔面蒼白《がんめんそうはく》でした。（これはいかん）二人はだれもいない金庫室のとなりにいましたから、大声で執事《しつじ》をよびました。

かけつけた王の執事や世話係は、王を部屋に連れていきました。

「今大事なときです。くれぐれも無理はなさらないほうが……」

「そうだな。今はアレン、君に任せておく。少し休んで医者にみせるとしよう」

「はい、その件はさっきおっしゃったようにします。あまりご心配なさらないように……。よけいに体にさしさわります」

アレンは困ったことになったと思いました。

王は以前から血圧も高く、最近はいろんな心配事がたまっていたのでした。

アレンはこのまま無理をすると、自分たちの結婚式《けっこんしき》にも出席できるか、危ない状況になりました。

王を診察《しんさつ》した医者はやはりしばらく公務を取りやめて、安静にしないと結婚式《けっこんしき》には出られないといいましたので、しばらくおとなしくすることにしました。

アレンは秘密の件の指揮《しき》をとらなければならないので、体がいくつあっても足りないくらいにいそがしくなりました。

ダニエルの家を調べさせても一家はもぬけのからだし、裏帳簿《うらちょうぼ》も見つかりません。けれども目の前には、結婚式がせまってきていました。

ダニエルは金庫の鍵《かぎ》をもう一つ持っている男と共謀《きょうぼう》して、お金だけではなく王室の貴重品までだましとっていました。

アレンは血眼《ちまなこ》になっても、ひとりではどうしようもありません。そこで……。

アレンはハーリーの助けを求めました。

ついこの前までこの国にいて、くわしくいろいろ知っていたからでした。

ハーリーも決して暇《ひま》でもないのですが、お国の一大事とあって、かけつけないわけにも行きません。

それに王の病気見舞《びょうきみま》いが口実にできるので、ちょうどよかったのです。

ハーリーが来て金庫番の鍵を持っている男が調べられると、意外なことが分かりました。

それは思いもかけないヘンリーの名前があがっていました。

この男を問いつめると気が弱く、ハーリーの前で涙《なみだ》を流して告白《こくはく》してしまったのです。

「ハーリー様。お許しください。ヘンリー様の言うことを聞かないとクビだといわれまして……。そのかわりにお金を少しもらいました。本当に。もうおれはクビでもなんでもいいから……やつは（ダニエルのこと）にげてしまったし……」

「そうか……。ヘンリーが……」

（ヘンリーが……もしかしてまた何かたくらんでいるのでは？）ということはあの三人の将校もあやしいということです。

ヘンリーは、王の弟ということで、牢獄生活《ろうごくせいかつ》を免れ、謹慎《きんしん》という身分で釈放《しゃくほう》されていました。しかし何の証拠《しょうこ》もなくこの男の言い分だけで、罪だともいえないのでとりあえずもう少しくわしく調べることにしました。

以前もアプリコットに睡眠薬《すいみんやく》をのませようとしたり、ハーリーをさそってそそのかそうとしたりしていたのでうたがっても当然でした。

金庫の鍵《かぎ》を持つ男は拘束《こうそく》されてしまいました。

もう時間がありません。アレンの式は三日後にせまっていたのでした。

ハーリーもいつまでも、フイリップ王国にいることもできずにとにかくいったんは帰り、式が終わってから再開することになりました。

解決しないのはとても気持ちが落ち着かないけれど、目の前の結婚式も国の重要なことなので、二人は必ず犯人を捕まえる、とちかいました。

そんなことはみなは知らずに、刻々と時は容赦《ようしゃ》なくすぎていきます。

結婚式《けっこんしき》の用意に、みなはいっそう力を入れて働きます。

ヘンリーたちはそのころ乾杯《かんぱい》をしていました。

「はっははは！　今ごろもし気がついてもおそいわ！　ハワード、うまくやった。今回の結婚式が終わったら三人とも昇格《しょうかく》させてやろう」

「ありがとうございます。ヘンリー様、どうやらまだだれも気がついていないようですね。あとは明日アプリコット姫《ひめ》をさらうだけ！」

「ゆだんするな。大仕事だからな。そうだ、アプリコット姫がさらえなかったら、お前たちは地獄《じごく》を見るぞ！」

「はい、承知しております！」

ハワードもサガンもデイブも、不敵な笑顔《えがお》をうかべました。

相変わらずこの三人は、悪いことをするときは気が合うのでした。

何も知らないハーリーは結婚式《けっこんしき》を、三日後にひかえて大急ぎで最後の用意をすませました。

そして夕方池のほうを散歩していると……。

「ハーリー様、」小さく呼ぶ声がします。（ん？　かえる君かな？）

ハーリーがかえるに呼び止められているころ、アプリコットは父王の部屋にお見舞《みま》いしていました。

「王様、おかげんはいかがですか？　もうあと三日とお式がせまっています」

「ああ、姫《ひめ》か……。医者は静かにしていればだいじょうぶだという。わたしも昔に比べると弱くなった……」

「あらそんな弱気をおっしゃってはいけませんわ。いつものようになさってくださらないと……」

「いやだいじょうぶだ、アプリコットの式にはどんなことをしてでもいく。心配するな。それよりもう用意はできたのかね」

「はい……用意はだいじょうぶです。あとは厨房《ちゅうぼう》のみなさんに、今夜から徹夜《てつや》でしていただかないといけないこともありますが」

「そうか……姫も体の調子には気をつけるように。それから外出もしないように。どんなやからがいるかもわからんからな」

「はい。心得ました。ではゆっくりとお休みください」

姫は王の顔を見て少し安心しました。

王の部屋を出てアプリコットはふと、かえるの池に立ち寄りました。

そこで一人座っているといろいろなことを思い出します。

(わたしは結局アレン様と結婚することになった。

もう後三日もすればわたしの独身時代はおわる。楽しかったような……さみしかったような。

ハーリー様は養子の身でありながら、わたしとは義兄妹《ぎけいまい》だし、この先も。

それなのに隣国《りんごく》の皇太子としていかれた。

でも女姉妹《おんなしまい》はいないし、一人っ子のところにハーリー様がこられ……。

わたしたちは兄妹として王国にいる運命なのだわ。

かえるさんにも助けられてよかったけれど、これからも助けてくれるかしら？

ああ、夕焼けがきれい！）

アプリコットは、王宮のシルエットを見ながら感慨にふけっていました。

と、そこにやってきたのは……ハーリーではありませんか。

「えっ、ハーリー様！　どうして先ほど帰られたのでは……？」

「そうですよ。こんばんは。わたしが来たわけは……」

「何か取り急ぎのご用でもおありなのですか？」

「そうそう、かえるさんによびとめられてね。またアプリコット姫がさらわれそうだから気をつけるように、って」

「王宮にそんなことがあるのでしょうか、疑うわけではないのですが、わたしは信じられません……」

「ぼくも考えた。でも何も知らない人がくるわけじゃない。どのような落とし穴があるかは分からない。意外と外の人と、つながっている人もいるかもしれない」

「まあ、だれも信用はできないってことですね。分かりました。気をつけます」

「今日からぼくが姫《ひめ》を守るよ！」

「ハーリー様、それはいけません。警備担当がいるのに」

アプリコットは、結局ハーリーの強い口調に押《お》されてしまいました。

アプリコットに何かあると大変だからです。

右どなりの空き部屋に、ハーリーはだれに断ることもなく、泊《と》まることにしました。

そして明日になればいちばんにアレンを訪ねて、明日の夜は交代してもらうことに決めていました。

その夜もふけて、アプリコットは安心してねむりにつきました。

左の部屋には、アプリコットのお世話係の、ニナが寝ています。

(何事もなければよいが……）ハーリーは物音が少しでも聞こえるように、ドアを少し開けておきました。

すると真夜中を過ぎたころ……。

ぎしぎしと音がしてだれかの気配がしました。

そしてコンコンとノックの音がしました。あきらかにだれかが、アプリコットの部屋に入ろうとしているのです。ハーリーは身構えました。

ノックの後はガチャリとかぎの開ける音でした。

(これは……大変だ)ハーリーは少し開けておいたドアを、そっと押《お》して部屋を出ました。す早く静かに、大きな花の置物《おきもの》の陰《かげ》にかくれました。

しばらくするとだれかが出てきました。やはり……鍵《かぎ》を持っているニナでした。

(む……)ハーリーは真夜中に何をしにいくのか、不審に思いましたが、声をかけると自分のほうがあやしまれます。

でもどういうわけか鍵はそのままです。

まさか忘れることはないので、ニナはもう一度もどってきて、入るとでもいうのでしょうか。

ハーリーは静かに、事の成り行きを見守ろうと、花の陰に身を固くしたままでした。

どれだけ時間が過ぎたのか……と思うころ廊下をひたひたとだれかが歩いてきます!(だれだろう?)

足音は近づいてきます。それは、なんと靴《くつ》をぬいだ二人でした。まぎれもなくハワードとサガンでした。

(ん? どうして、ここに? この王宮には入れないはず……ということはやはりだれかとだれかが協力しているってことか……あやしいのはあの女か……)

ハーリーは自分が、これからどうすべきかがなやむところでした。

ここで出ていくと、自分の存在がなぜここにいるのだ、ということになります。

けれどもそんな言い訳よりも、犯人をつかまえなければアプリコットが危ない!

男たちはやはり、アプリコットの部屋に、入ろうとしているようです。

ハーリーは思い切って駆け出しました。

もうだまってはいられないからです。

事がすんでからではおそい、そう判断したからでした。

「今ごろだれの部屋に入ろうとしているのか！」ハーリーは思い切ってさけびました。

「あっ！」侵入者《しんにゅうしゃ》二人はおどろきました。

「ハーリー!?」

なぜここにいるのかは、飲み込めないようでした。

ハーリーの大きな声に、警備の何人かが、ばたばた走ってきました。

それにも気がつかないくらいに、この二人はあわてておどろいています。

「もう一人いるはずだ。さがせ！」

ハーリーはあのサガンも見張りとして、必ずどこかにいると思っていました。

そのとき、警備の一人は王宮の緊急《きんきゅう》ベルをならしました。けたたましい音に王も王妃《おうひ》も近くの人は、みな部屋を出てきました。

そこにハーリーがいることよりも、犯人が取り押《とお》さえられていることに、みなはおどろき騒《そう》然《ぜん》としていました。

けれどもアプリコットは出てきません。

「王妃様《おうひさま》、アプリコットのようすを！」ハーリーはさけびました。

王妃メアリーはハーリーの言葉を聴《き》いて（あなたはなぜここにいるの？）ときこうとしましたが、そのことよりアプリコットが心配なので、姫《ひめ》の部屋に行きました。

そこにはまだやすらかにねている姫の顔があり、ほっとしました。

「ね、起きなさい！」

ふつうならこんなさわがしいのに、ねているはずのない姫は、よくねてしまって起きません。

「どうしたというの？　アプリコット」

王妃はハーリーを呼びに再びもどりました。そしてそのときつかまえられた、二人の将校の顔を見ておどろきました。

（な、なんなの友達ではなかったの？）

「王妃様、姫のようすは？」

「え、ええ、起こしても起きないのよ」

「そうですか、すぐにいきます！」

とうとう三人の将校たちはつかまってしまいました。

サガンは逃《に》げていくところを見つかって、門番につかまったのでした。

あわてていて逃げるところを、まちがえたのでした。

この三人は別の入り口から、アプリコットの従女ニナから教えてもらって入ったのですが。

そうこうしている間に、連絡《れんらく》を受けたアレンがやってきました。

そしてハーリーの顔を見ておどろきました。

「さっきかえられたのじゃなかったのですか？」

「うん、あとでまた話す。姫《ひめ》を！」

とにかくアプリコットのことが先決でした。

王妃《おうひ》と共《とも》にアレンは、部屋に入ると、相変わらずねている姫に、みんな顔を見合わせるばかりでした。

そこでねている医者を無理やり起して、見てもらうことにしました。

ねむそうな医者はみなを部屋から出して、くまなく調べはじめました。

（ふーむ……どれどれ。ウンよくねむっておるな）

医者はくまなくアプリコットを調べても、注射のあともないので、あるひとつの答えを用意しました。みなを部屋に呼びもどして告げました。

「うーん。どこも悪くはなさそうだ。でも確実にねている。姫は……これはわしの考えじゃがのう。クロロフォルムという睡眠薬《すいみんやく》に似た、クスリをハンカチにしみこませて、それを鼻に押《お》し付《つ》けられたんだろうと思うよ。おそらくは……。だからじきに目がさめるが、今はよくねている。だいじょうぶじゃ。

何かあったらまた連絡願いたい」

アレンは心配そうに、アプリコットに付《つ》き添《そ》いました。

医者が帰るとハーリーはつかまった三人を、この国の兵隊に任せて、帰ることにしました。

「アレン、またくわしいことは後に報告《ほうこく》することにして、わたしも帰らなければカレンが心配している」

「兄上、深夜にまことにありがとうございました」

「では任せて帰る、お大事に……」

王妃《おうひ》も気を利《き》かせて部屋にもどることにしました。

「ではアレン様、お願いします。わたしも部屋にもどります」

アレンだけがアプリコットの部屋で、介抱《かいほう》することになりました。

安らかにねむっているアプリコット。

王妃に似て目が大きくとても美しい顔立ちで、姫《ひめ》としての品格がありました。

あと二日すると結婚式《けっこんしき》。アレンはいまさらながら、王妃の娘《むすめ》と結婚《けっこん》できるなどとは、夢にも思わないことでもありました。

しかしハーリーがいなくなった今、皇太子のいすにも座らなければならない、という重圧もありました。

果たして自分でいいのか、つとまるだろうか……。

もっと適役の人はいないのだろうか……。でもここはかえる宮殿《きゅうでん》なのです。

きっとかえるさんがまもってくれる、……自分に自信などかけらもないのだから。これは亡《な》くなった祖父の導きなのか……アレンはしずかなアプリコットの寝息《ねいき》以外に、何も聞こえない部屋で一人考えていました。

と、アプリコットが、首を左右に振《ふ》り目覚めたようです。

目と目が合いました。

「目がさめましたか？　よかった！　姫はだいじょうぶですか？」

「ア、アレン様はどうしてここに？」

「呼ばれてきたのさ。姫の一大事だってね」

「そうだ、ニナは？　どこへいったの？　わたしのねている部屋に入ってきていきなりハンカチを顔におしあてられたの……。そしたらそのままねてしまったようなの……」

「今はだれもここにはいない。でも姫が無事でよかった！　あとでニナはとりしらべられるだろう」

とにかく無事を何より喜んでいるアレンでした。

けれどもニナがここにいないと、だれかがいなければなりません。今いちばん大事なときに、次から次へと事件がもちあがり、アレンもうんざりでした。

「姫は明日もいろいろといそがしい。ボクはここで見張っているから、もう少しねむらなければ……」

「ありがとう……」

アプリコットはねむらなければ……とおもうとよけいにねむれないのでした。

次の日、早朝にはニナもとらわれの身となりました。

三人の将校も取り調べられていますが、なかなかヘンリーの名前は簡単には出てきませんでした。

アプリコットは次から次に、自分の前から消えてゆく人々に、くやしい思いをしていました。

(一体だれを信じたらよいのか……)

いろいろあったこの何日間だったけれど、とうとうその日がやってきました。

あれだけ用意を周到にしていても、当日はみんな結婚式《けっこんしき》を成功させるために必死でした。

ハーリーのときより、やはりはでさは、少しちがいました。

それはやはりあの金庫番が「横領」まがいの悪いことをしたから、倹約《けんやく》をしいられていたのでしょうか。

アレンは、はでばかりが幸せではないと思うほうなので、そんなことはあまり気にはしていませんでした。

アプリコットは少し傷ついていました。

心の中で思うだけで、王妃《おうひ》にもそれはいいませんでした。

とにかく今日は笑顔《えがお》でいなければ、とアプリコットは必死に、最後の姫《ひめ》を演じていました。

ハーリーもカレンと、ともに華《はな》やかな衣装《いしょう》できていました。

「おめでとうございます！」一生でいちばんきれいな晴れ姿で、アプリコットは「ありがとう」と答えました。

アレンもアプリコットも、とても幸せそうな世界一の顔をしていました。

式はいつもの宮殿《きゅうでん》の広場でとりおこなわれました。

ちょうどいいお天気にも恵《めぐ》まれ、王も王妃も満足そうでした。

外国の要人も、この二人を祝福してくれました。

ハーリーはうまくことが運びますように、と一人心配していました。

カレンは真横のいすに腰《こし》かけていました。そしてカレンがハンカチを出そうとしたときです。

小さなバックから何かがとびだしました。

「きゃあ、」カレンは小さな声を上げていましたが、ごくとなりの人にしか聞こえなかったことが幸いでした。と、ハーリーの手の下に小さなかえるが……。ハーリーはぬるっとした小さな生き物が、かえるだということがすぐに分かったのでした。

声は出せません。厳粛《げんしゅく》な式の真っ最中ですから。

(何？　どうしたの、かえる君、どこにいたんだ？　何かいいたいの？)

ハーリーは心の中でそっとお話しました。

かえるはハーリーの耳元によじ登るとささやきました。

（今日はこれから先大雨になる。ここはまずいよ。）

（えっ、大雨だなんて……。うそだろ?!　こんなにいいお天気なのに……）

ハーリーは思わずそう思いました。

本当に雨になると、みなの衣装《いしょう》もぬれてしまうので大変です。

しかしいまさら宮殿《きゅうでん》の中での変更《へんこう》もできません。

よく考えるとかえるは天候《てんこう》に敏感《びんかん》なのです。きっと何か自然の異変が体に感じるのでしょうか。これは無視できません。

式が順調に進む中でハーリーは、どうすればベストなのかを必死に考えていいました。しかもだれにも相談はできません。

（それからね、次の休憩《きゅうけい》時間にぼくを池まで運んでくれる？　お願いだから）

うんうん、とハーリーは軽くうなずきました。

かえるくんも、池にもどさないと死んでしまいます。

厳《おごそ》かに式典は進み、アレンとアプリコットは、永遠の愛をちかいました。

そして各国の代表のあいさつとなったので、ハーリーはカレンにそっと、耳打ちをして席をはなれました。

いちばん信頼《しんらい》できる家臣を呼んで、これもまたこっそり何かの用意をさせました。

（うん、これでいい！）

ハーリーはもしかにそなえていたのでした。

空は雲一つない晴天で暑くなってきました。

もう少しで式も終わりに近いと思われるとき、ハーリーが北の空を見上げると何か黒い雲がありました。見る見るうちにくもってきます。

みなも空が気になり始めました。

その時でした。ピカッと稲光《いなびかり》がしてカミナリが鳴り始めました。

みなはおどろきました。あんなにお天気がよかったのに……さあ、大変です！

ハーリーは、あわてませんでした。

「みなさん。テントの用意はしてありますよ！　落ち着いて入ってくださーい」

周囲はいつの間にか白いテントがたくさん用意されていました。

もう少しで終わりなのに式典は中止されて、みんなはテントに避難《ひなん》しました。するとたちまち大粒《おおつぶ》の雨が降ってきました。

テントの中には、かさも用意されて順番に、王宮にいくことになりました。

みなは晴れ着を汚《よご》したくないので、動かないレディが多いでしたが、ジェントルマンのほとんどは王宮に帰りました。

ますます雨が激しくなり、スコールのように雨は降ってきました。

（やっぱり……どうしてかえるさんは、このような能力があるのだろう……うらやましい限りだ……）


このような晴天にだれが雨など予想したでしょう。

ハーリーはみなからとても不思議がられ、頭の回転のいい気の利《き》く隣国《りんごく》の皇太子だ、とほめられて困惑《こんわく》していました。

まさかかえるが教えてくれたなんてことを言っても、だれも信じてはくれないでしょうから
ハーリーは黙《だま》っていることにしたのです。

さて、式は三日間行われました。

今日は王宮のため、外国人も招待して戴冠式《たいかんしき》もありました。二日目は家族や親戚《しんせき》のため、三日目は国民のために。

そうして晴れてアレンは、王室の一員となり、この国の皇太子にもなったわけですが、財政のことについて、早速難問題がたくさんありました。

逃《に》げだした金庫番ダニエルをつかまえ、三人の将校やヘンリーのこと、アプリコットのおつきのニナのことなどしらべなければなりません。

アプリコットは少々疲《つか》れぎみでした。

だから新婚旅行《しんこんりょこう》は延期《えんき》、取《と》りやめになってしまいました。

父王は「なんてことだ！　前代未聞《ぜんだいみもん》だ！」とおこっております。

「そうおこらなくても。また血圧があがりますよ」と王妃《おうひ》にたしなめられているのでした。

さて王室の奥深《おくふか》く、メアリー王妃の飼っている金の鳥は、順調に育っていました。前からの一羽はすっかり大人でしたが、この春、ハーリーがかえる宮殿《きゅうでん》からもらってきた一羽は、もう大人とちがわない大きさでした。

羽根は金色で美しくこの世で金色の鳥はいるのかとさえ、思うほどのきれいさです。王妃がみなには絶対見せたくない、と極秘に飼われているのでした。

王妃は一人きりになるとその部屋にいくのでした。

そこは厳重な鍵《かぎ》が、二重も三重もかけられており、ふつうはだれも近づけません。

でもハーリーは別でした。

王妃はハーリーにはみな知っておいてほしいと思い、王宮を訪れたときには必ず呼ぶのでした。

「王妃様、随分《ずいぶん》と大きくなって、きれいになりましたねえ。でも国民もだれも知らないとはいえ、一体どうするおつもりですか？」

「どうするつもりって？　どうもしないわ。なぜ？」

「なぜって……王妃様。独り占《ひとじ》めにしても王妃様やその近くの人だけでしょ。美しいって感動できるのは……。

ボクは反対です。たとえばアプリコット姫《ひめ》が美しすぎて、そんな立場《たちば》だったらどうします？それは大切な人だから、秘密にしておくというのは、ゆるされないでしょうね。

鳥だといわれるならば、それはそれでいいのですが。きっと鳥もきゅうくつで悲しいと思いますが……」

「……！」メアリー王妃《おうひ》はおどろきで、大きな目をさらに大きくして、ハーリーを見つめました。

しばらくはものもいえないでいました。そう……。今まではそんなきつい一言をだれからもいわれたことがなかったからでした。

ハーリーもいってしまってしまったと思いました。いうつもりではなかったのに、思わずいってしまったのです。

王妃の目からは涙《なみだ》がこぼれ落ちました。ハーリーは自分は決して、まちがったことを言っていないと確心していました。

金の鳥のことを考えると、かわいそうな気がいつもしていたのでした。

ハーリーはこれ以上追求しないことにしました。王妃のごきげんも悪くなるかもしれないのです。

「王妃様、失礼なことをいってしまいました。今日はこれで帰ります」

王妃の顔はそんなにおこっているようでもありませんでした。一礼するとハーリーは王宮を去りました。

帰る途中《とちゅう》で母アンナとすれちがいました。

アンナはカレンとの約束を実行しようと、これから王妃《おうひ》のもとにお許しをこうために、いくのだといいました。

「母上、今王妃様はごきげんがすぐれない。明朝になさったら……」

「……？　なぜですか？　何かおありなのですか？」

「いいえ、何も。ただ今この国は金庫番がつかまえられて、お金の流れが調べられている真っ最中です。場合によっては国は出してくれないかもしれません」

それはアンナにとっては、何も知らないことだったので「えっ？」とおどろくばかりのことでした。

ハーリーの言葉は、うそでもないようなので、行くのをやめることにしました。それにしてもお金の流れを調べるとは……。

メアリー王妃は部屋に帰ってから、妙《みょう》にハーリーの言葉が気になっていました。

（どうするおつもりですか？）……といわれてもどうするつもりもないけれど、王宮の独り占《ひとじ》めをすることはいけないことなのかしら……？　もし公開すればたくさんの人が見たいと思うだろうし、考えるだけでもゆううつなこと……。

大体見世物ではないし、きっと金の鳥は、碧《あお》い鳥のときより以上にさわがれるにちがいないし……。でも世界中できっとここにだけしかいないのは、有名になることだってありえるけれど、この鳥でさわぎが起きるのはとてもいやなこと。

だいたい王宮の中でも、限られた人にしか知られていないのでいまさら……。

メアリーはそれを考えると何も手につかず、半日も考えつづけていたのですが、結局、結論は出ないままでした。

けれども気になるので飼育員を呼び、相談することになりました。

飼育員は公開すべきという意見でした。

「やっぱりそれがいいのでしょうか？」

メアリーは王にも相談することにしました。

王はあまり関心がないようでした。どちらかといえば、何か趣味《しゅみ》とか夢中になる物を、王妃《おうひ》に与《あた》えておけば、とてもおとなしくヒステリーも起こさないからでした。

だから王からは好《す》きなようにしなさい、との言葉のみでした。

王妃は考えたあげく、これは公開したほうがいいかもしれない、と思うように気持ちはかたむいていました。

自分もこれをないしょにすることで、何か特別の枠《わく》にはまっているのではないか、かたよっているのではないか、ほかの人から見れば変に映っているのではないかと思いました。

そうと決めれば、メアリーは早く決断しました。

飼育員を呼び「公開にしてもいいですよ」と告げたのでした。

アレンとアプリコットも呼ばれて、いきさつをはなしました。

「これは国にとっても重要なことです。おそらく金の鳥などどこにもいないでしょう。でもこの鳥が世界に羽ばたき、増えていってくれたなら、きっとこの国ももっと有名になるでしょうし……ハーリー皇太子にも、このことを知らせなくちゃ……」

ハーリーはカレンと午後のティータイム中でした。

「ね。おいしいですよ、この紅茶！」

「ありがとう！」

「そしてこのクッキーは、先ほどあたくしがやきましたのよ！」

「へえっ！　そう。そんなこともできるの、カレン姫《ひめ》？」

「あらっ、おやめになって。カレンって呼んでくださいな」

カレンはひらひらとフリルのついた、かわいいエプロンをしていましたが、ハーリーはカレン姫などといってからかっていました。

そこに侍従《じじゅう》の一人が入ってきました。

「ハーリー様、メアリー王妃《おうひ》から伝達のお手紙がまいりました」

「ありがとう。いまさっきお会いしたばかりなのに、なんだろう？　さがってよい」

ハーリーは侍従をさがらせると手紙を読みはじめました。

「ハーリー様、いつもご苦労様です。こうして本当の息子《むすこ》のように、たよれるのも喜ばしいことです。

さて、金色の鳥のことですが、やはり考えて相談した結果、公開することに決定しました。あとはよろしくお願いします。

それから例のダニエルのことですが、分かったことを報告《ほうこく》しますと、やはりあやつっているのはヘンリー様ということらしいです。確たる証拠《しょうこ》もないので、またあの人に関しては調べることも簡単にできないので、おそらく迷宮入りになるのではないかと存じます。

そして裏帳簿《うらちょうぼ》も、あの人が持っているのではないか、と思われています。

いずれにしても少なからずのお金が、ヘンリー様に流れていたということが、分かったようです。

報告《ほうこく》はだれにも内密に願います」

という内容でした。ハーリーは金の鳥に関してはよかったと思いました。

メアリー王妃《おうひ》はやはり、おこってはいらっしゃらないようでほっとしました。

ハーリーは、フィリップ王国の財政難を、どうすれば救済できるか、なやんでいました。自国となったリチャード王国は、そんな心配は何もないのに、どうすればいいのか……。と庭の池を散歩していると……

「きゃあ」ハーリーはおどろきました。

いつの間にかまたあのかえる宮殿《きゅうでん》に、引《ひ》き込《こ》まれてしまったのでした。

（なぜ？）

ハーリーはおどろきながらもしっかりと見ました。

（ああ、これは！！！）それはまぎれもなくかえるの結婚式《けっこんしき》でした。

「そうだよ！ハハハ、お分かりかね。姫《ひめ》にいいむこ殿《どの》があらわれてね……今日はめでたい結婚《けっこん》式《しき》とあいなったんじゃ」

「はっ、そうでしたか。それはおめでとうございます」

自分はめでたいからといっても、お祝いも持っていないし、これはどういう意味なのかハーリーは分かりませんでした。

かえるのおばあさんはうれしそうでした。

「ハーリー殿下《でんか》、今日はいい知恵《ちえ》をさずけよう。あなた様におこしいただいたのは、何も結婚式のお祝いを頂こうというのではない」

なんだか自分の心を見すかされているようで、少し気持ちが悪かったのですが、今なやんでいることを解決できるのなら、そんなことをいっておられません。

「といいますと？」

「はい、今何かおなやみでしょう？」

「そうです、でも……そんな簡単なことではないと……」

「だからいい知恵があればいくらでも解決できますよ、さあ」

ハーリーは式場をはなれて、おばあさんの部屋に案内されました。

(しかし……なぜぼくの気持ちが分かるのだろう……)

ハーリーは半信半疑でした。

「わたしはね、今日の結婚式《けっこんしき》で、やっといい婿殿《むこどの》が来て、本当に幸せだ。……わたしのことはどうでもいいんだが、それで、きっとバラの道を作ることに不安なんだろうと……わたしは思うよ」

「バラの道を……どうしてそれを……？」

「心配しなくともよい。きっと国民も応援《おうえん》してくれる。ドンドンこの話を進めておくれ」

「はい……」

「そして金の鳥のことも心配せんでええ。金の鳥もきっと皇太子を助けてくれる」

「はぁ……そうですか？」

かえるのおばあさんの言葉は、あまりピンとはこないハーリーでしたが、そう言われれば信じるよりほかにありません。

「ではまた、困ったときはいつでも来なさい」

ハーリーはまた池の外に出されました。でも服は不思議にもぬれていませんでした。

(不思議だ、わたしの気持ちが分かるなんて……)

それからしばらくたってからのことでした。

いよいよカレンの国では、バラの道の測量が始まっていました。

そこにハーリーの母アンナがたずねていました。

「わたしの国ではやはり、そこまでの予算がないということで、測量さえいつになるかもわからないそうですよ。ね、やっぱりわたしは早く田舎《いなか》に帰ったほうがよかったのよ……」と今にも帰りそうな勢いでした。

「だめだめ、母上、いい考えがあるのだ。だからもう少しガマンしてください。ボクを信じてください、お願いします。このとおりです！」ハーリーは深く頭をさげました。

「お母様、あたくしからもお願いしますわ。この計画をあとでじっくりとお母様にも聞いていただきますし……。

今これからとても楽しいことが始まるのに、お帰りにならないでくださいな」

カレンも必死でアンナを説得していました。今アンナに帰られるとこの計画は台なしだし、もちろんアンナも楽しみにしていたことでした。

アンナは二人に説得されると、いやでもノーとも言えずにいました。

そしてアンナは一生懸命《いっしょうけんめい》な二人の説得に、自分だけ逃《に》げてはいけない……と思ったのでした。

二人の若者が懸命《けんめい》にしようとしていることに、自分だけ知らないとはいえない。やはりこの道が完成したときにこそ、引退は許されるのだ。と後ろ向きな自分をはじました。

今は帰る気になればいつでも帰れる身分でした。もう少しみなのお役に立たなければいけない。

そう決めると何か重い気分が、急に軽くなったのです。

(そうだ、やらなければいけないことがたくさんある!)

「ハーリー、わたしは明日バラの苗木《なえぎ》を買いにいってきますよ」

「母上様、急にどうしたのですか。そんなにあわてなくても苗木はまだ早すぎますよ。それより国の建設省《けんせつしょう》に行って、どのような道にするか、これから予算とも相談して決めなければ……」

母アンナの一足早い勇《いさ》み足《あし》に、二人は思わず苦笑してしまいました。

(ああ。だいじょうぶかな?)ハーリーはカレンと顔を見合わせていました
ハーリーは母が帰ってから、自分も国王や財政の係の人に、面談するために出国しました。

どうしてもこの計画を一日も早く実現するために、自ら説得したいからでした。

お金がなくてもこれを実現できる方法など、ハーリーは説明するつもりでした。

面談した王は気分が優《すぐ》れず、体の調子が悪そうだったので、すぐに切り上げました。

「まあ、よきにはかってくれ。わたしも参加したいが、このころどうも体の調子が思わしくない。いい考えだと思う。アレンと協力して進めてくれるなら、わたしもありがたい」

「ではそういたします王様。これから財務係の人に交渉《こうしょう》してまいります。

どうかご無理をなされませんように。ぼくにお任せください、きっとこの国の財政もたちなおると確信します」

「これもかえる君のおかげです。成功すれば……」そういってハーリーは早々にひきあげました。
「ありがとう」

さて、ハーリーの国には随分《ずいぶん》前に、メアリー王妃《おうひ》から頂いた碧《あお》い鳥が一羽と、ハーリーの国が生まれ変わったとき、飛んできた碧い鳥が一羽、その子どもが四羽そのうち一羽はメアリー王妃の所にもどされました。

だから現在は合計五羽の碧い鳥がいます。

飼育係もそれぞれの国で、二人に増やされて順調よく育っています。

ハーリーもカレンもバラの道が完成すれば、この付近にかごの鳥ではなくどこへでもいけるように放すつもりでした。

行《い》き交《か》う人々も、みなが碧い鳥を見れるようにしよう、と相談していたのです。

できるならメアリー王妃のもとにいる、金の鳥もそうあってほしいと思うのでした。

「そんなに物事はうまくいかないでしょう」

「いやだいじょうぶだ。王妃様《おうひさま》のことだから、きっと話せば分かってくださる」

そんな事を話していた二人に、思わぬニュースがとびこみました。

「た、た、たいへんでーす！」

「どうしたんだ、そうぞうしいな」

ハーリーはその日、公務から帰りカレンと雑談していると、あわただしく侍従《じじゅう》がかけこんできました。

「これは大変なニュースです！　書簡ではなく口頭で伝えなさいということです」

「なんだね」

ハーリーはいつもとちがう連絡《れんらく》だと直感しました。

「はい、あらためまして、……」

侍従はまず息を整えてひざまずきました。

「金の鳥が卵を産みました……という王妃様の連絡にございます。まことにおめでたいことでございます」

「えっ、本当か、それは？」

「もちろんでございます！ハーリー皇太子様」

ハーリーは改めて金の鳥の卵の重みを、思いだしました。

「バンザイ！！！　カレン、金の卵がうまれたって！　すごいじゃないか。今度こそ本当の金の鳥二世でしょうね。また見られるよ」

ハーリーは子どものように喜びました。

「よかったですね。きっときれいなのでしょうね。わたくしはまだ親の鳥も知らないけれど……」

「そうだったね。でももうじきに国民にも公開される。今度行ったときはぜひ見せてもらうようにしよう」

いますぐにでも見にいきたい二人でしたが、夕刻も近いのでとりあえず、明日にしました。

「でもね、ぼくは心配しているんだ。あの計画だとバラの道に放し飼いにするっていうけど、それはむちゃな話だ。もし悪い人に捕まって利用されたり、国外に持っていかれると、それこそ大きな打撃《だげき》じゃないか。

国にとっては大切な宝物と同じだからね……」

「……人を疑うのは苦しいけれど、それもそうですわね」

カレンは、もっともなことだと、放し飼いだけはあきらめることにしました。

カレンとハーリーが、金の鳥に会えたのは、それからしばらくしてからでした。

カレンは、この世のものとおもわれない美しさとまぶしさにおどろきました。

「こんなにまぶしいくらいの鳥がここにいてくれるなんて、わたしたちは何と幸せなのでしょう。やはりかえるさんの力に感謝ですね」

「そう、不思議なかえるさんの力だ！」

メアリー王妃《おうひ》もとても喜んではいますが、一般公開《いっぱんこうかい》となるとまるで手放すような、深い悲しみにおそわれていました。

そんなときでした。

王はやっと健康が少し回復したらしく、自分からハーリーを呼び、国のための「バラの道」をつくってくれるようにいってくれたのです。

やっとハーリーの母アンナの願いも、かなうことになりました。

王は、私財を提供してもいいと、強くおもったのでした。

それは、これからの将来のことを、考えていたからでした。

そうと決まれば早いものです。

アンナもいそがしくなりました。

カレンの国にまけないように、急ピッチで測量が始まりました。

そして両国で会議も頻繁《ひんぱん》に行われ、ハーリーも公務の合間に手伝ったり、会議に出席したりと、体がいくつあっても足りないくらいでした。

そんなとき、ハーリーはこの好《この》ましい状況を伝えるために、かえるの池にいってみました。

静かな池は鏡のように光っていました。

かえるの一ぴきもいないような静かさ……ハーリーは「かえるさーん！」とさけんでしまいました。

するとあらわれたのです、おばあさんのようなかえるが……。

「やあ、久しぶりですね！」

「ああハーリー皇太子様でしたか！　ようこそ」

「こんばんは。いちばんうれしいお知らせをね」

「はぁ、ありがとう。けれどもこちらはもっとたいへんなことが……」

「いったいどうしたのですか？」

「たいへんもたいへん。わたしたちの大昔のかえるの魔法《まほう》を使える、いちばんえらいかえるの大臣様がね……、ほうら、この前に金の鳥の卵をおみやげにもらった……」

「はぁ？　かえるの大臣？」

「そうはいってもは千年の昔のですよ。そうなのです！　時空を超《こ》えていらっしゃるんですよ。いよいよです」

「へぇ、時空を超えて？」

「だからそのむかえかたがね。みな始めてなもので大騒《おおさわ》ぎになっているのですよ」

「そうだったのかぁ、でもボクも分からないね」

「ところでハーリー様は何の話でしたっけ？」

「いよいよバラの道が認証されてね。もうじき工事が始まるのさ。よかったね。かえるさん」

「ありがとう！　本当に、本当になるんだ、うれしいよ！」

「そのとき、碧《あお》い鳥さんや金の鳥さんが一般公開《いっぱんこうかい》されるんだ！」

ハーリーとカレンは、隣国《りんごく》へ金の鳥を見るために行くことになりました。

それを聞いたソフィー王妃《おうひ》も、自分もぜひ見たいからと、いっしょに行くことになりました。

近くでも一応馬車に乗ってゆかなければなりません。

ハーリーだけであれば、馬に乗ってゆけば済む話ではありましたが……。

風は冷たく、いよいよ秋から冬へ季節が変わりゆくときでもありました。

カレンは見る前から、子どものように喜んでいます。

出迎《でむか》えはアプリコットとアレンでした。

「ようこそ！」

アプリコットは満面笑《え》みで、王宮の奥《おく》にある金の鳥の部屋に案内しました。

金の鳥は、大切に大きな鳥かごで飼育されていました。

「まあ、……」

カレンは言葉を見つけられませんでした。

あまりにもまぶしい、鳥の美しさは何にもたとえられませんでした。

「すばらしい！　置物《おきもの》のようだけど、羽の先や頭の羽がとくに金色で、そのほかは濃《こ》い黄色で
……すごいですね」

「ね、ハーリー様手にものるのですよ、ぜひ手の上でごらんあそばせ？」

「えっ、でも……」

みなの見守る中、メアリー王妃は大きな鳥かごから金の鳥を取り出しハーリーの手にのせました。

「えっ……すごい……！」

ハーリーは鳥の足が温かいのでおどろき、ぬくもりを感じて感動していました。

と、そのときでした。金の鳥はぱっと飛びました。

そして少し開いていた窓のほうへ……。

ハーリーはまたおどろいてしまいました。そこにいるアプリコットもカレンもソフィ王妃《おうひ》も、唖然《あぜん》としました。

「きゃあ？」メアリー王妃はもっとおどろきました。

「まさか……」いつもはおとなしく絶対に飛ばない鳥が、よりによって窓の小さなすきまから器用に……碧《あお》い鳥と、同じひらひらとした長いはねが尾《お》の部分についているのに。

みなは呆然《ぼうぜん》としました。まさかが本当になったからです。

あわてて外に飼育員が走りました。

けれども卵からかえって育った金の鳥は、高くとびたってしまいました
「……」

姿すら確認できないまま、飼育員はがっくりと肩《かた》を落としました。

でも自分が悪いわけではないのでまだましです。

自分だと当然首が危ないくらいなのです。

ハーリーもどういったらいいのか、言葉をさがしていました。

メアリー王妃は目に涙《なみだ》をうかべて、とてもショックをかくしきれません。

その場は急にひえこんだ空気になりました。

どうすることもできないまま、澄《す》んだ青い空を見上げるばかりでした。

「そうだ、このことをかえるさんに相談してこよう！」

ハーリーは考えました。かえるさんならどうにかしてくれるかもしれないし、いい考えを教えてくれるかもしれない……。とにかく鳥の行方《ゆくえ》はわかりませんでした。

かえる宮殿《きゅうでん》は深い悲しみに包まれていました。

そして国民はまだ金の鳥の存在すらしらないので、公《おおやけ》に鳥の行方を通報して、とも言えず、会議がひらかれていました。

ハーリーは会議にも出ず、池のほとりをウロウロしていました。

なんといっても一刻も早く金の鳥のことを、かえるに相談したいと思っていましたから。

(どうしたらかえるさんに会えるのかな……)

この前、遠い悠久《ゆうきゅう》の昔の時間から、かえるの大臣が来るといっていたので、いそがしいのかな、など一人で考えていました。

ハーリーも、あしたから国民の前でバラの道のことを宣伝して、募金《ぼきん》をつのる講演を、あちらこちらで予定しているために、どうしても今日がいいのでした。

そして池の水を手でさわりピチャピチャしていると……。あらわれたのです。かえるのおばあさんが！

「よかった！」ハーリーはほっとしました。

「あれ！　ハーリー様どうしたのですか？」

「あっ、かえるさんこんにちは。待っていたのですよ」

「わたしを？」

「そうです。大変なことが起こりました。金の卵を頂いて赤ちゃんが生まれ、順調に育っていました。でもメアリー王妃様《おうひさま》が、わたしの手に載《の》せてくださったのはよかったのですが……。金の鳥は窓のすきまから飛んでいってしまったのです……」

「そうですか……鳥さんは飛ぶのでしかたがないですね」

「いや。そのようなのんきな……ぼくはどうすることもできなくて悔《く》やんでいます」

「……もしかしたらかえるの大臣を、おむかえにいったかもしれませんよ！」

「えっ、おむかえに……？　遠いのでしょう」

「そう……きっと帰るでしょう。心配いりません」

「本当ですか？」

そういわれてもハーリーは信じられませんでした。

「かえるさんが心配ないっていうのなら、一応安心していいんですね。でもみなこのことを信じてくれるかなぁ？」

「わたしはね。信じてくれようとくれまいといいのですよ。ただすべては、ハーリー皇太子様のためにしていることですから……」

「ありがとう」

ハーリーは一応なっとくして、急いで会議にかけつけました。

そのころ、弟アレンも超《ちょう》いそがしい生活になっていました。

こうして会議に出席したあとは、ハーリーといっしょにバラの道のキャンペーンに参加し、みんながほっとしたときは、帝王学《ていおうがく》を学ばなくてはなりません。

将来の王の、地位をになうための大切な勉強です。

この国の歴史から始まって、礼儀《れいぎ》や作法、多岐《たき》にわたるものすごい勉強です。それはなぜか王も健康状態が思わしくないので、急がれていました。

もし病に伏《ふ》せることがあったなら、補佐的《ほさてき》な仕事だけでも、しなければならないからです。

王家に生まれたときからいたアレンではないので、なおさらの努力をしいられます。

アプリコットと結婚《けっこん》して新婚旅行もいけるメドもありません。

アレンは若さに任せて、一生懸命《いっしょうけんめい》それらのスケジュールをこなしていました。

ハーリーとアレンの宣伝が各地にくり広げられ、大勢《おおぜい》の国民の支持を得て、募金《ぼきん》もたくさん集まっていました。

それと平行するようにアンナもアプリコットも、みなの協力を仰《あお》ぎながら工事を進めていきました。

けれどもメアリー王妃《おうひ》だけは、金の鳥を逃《に》がしてしまってから、とてもふさぎこんでいました。

ハーリーは気にしないように、なぐさめようと王妃をたずねました。

「王妃様、そんなにおちこまないでください。

だいじょうぶですよ。金の鳥はどこかに飛んでいったけれど、必ず帰ってきますよ！」

「あら、なぜそんなことがわかるの？」

「はい、あの池のかえるさんがいったのです。必ず帰るって……」

「あら……あなたまでそんな……。王様といっしょですね。かえるの言うことを本気になさるのですか」

「王妃様だいじょうぶですよ。ぼくはかえるさんもいいことをいうなぁ、と感心することがあります」

ハーリーが一生懸命《いっしょうけんめい》説明しても、メアリー王妃は昔、王がかえるの言うことばかりを聞いていたことを思い出し、あまり気分はよくありませんでした。

ふさぎこんでいてもしかたがないのに、ふさぎ込《こ》んでいる自分をなぐさめてくれているのだと、自分に言い聞かせました。

「では、王妃様《おうひさま》わたしは帰りますので、くれぐれもあまりお気になさらないように……」

ハーリーはみなにも別れを言って、自国にもどりました。

その夜のことでした。

何げなく夕食後の時間を、カレンと窓際《まどぎわ》で過ごしていたハーリーは、池を見ておどろきました。

「えっ！」

それは池が金色に光っているのです！

「カレン！　あれは？」

ハーリーは、自分だけが金色に見えるのかもしれないと思い、カレンにも見てくれるように池を指差しました。

カレンが見るとあっとおどろくことに一瞬《いっしゅん》でしたが、池全体がぱっと金色に光ったのでした。

「本当です！　すごい一瞬の金色！」

カレンはやはり不思議なのだと思いました。

ハーリーは何か変わったことがあったにちがいないと思いました。

ひょっとするとかえるの大臣が、到着《とうちゃく》されたのか、それとも歓迎《かんげい》の式典なのか……。

ハーリーは裏庭に出て池の淵《ふち》で待っていました。

一瞬の光のあとはただいつものように、月夜に照らされた池はかすかな風に、水面がゆれているだけでした。

ハーリーはいつものように（どうしたらかえるさんに会えるのかな？）と考えつつ、水面に手をつけていました。

（あー冷たい、そろそろもうかえるさんも冬眠《とうみん》のときだ……）

するとぱっとあらわれたのです。かえるのおばあさんが……。

「あ？　こんばんは！　どうしました？　おそろいで。カレン様初めまして！」

礼儀《れいぎ》正しくカレンにあいさつをするのには、ハーリーもビックリしました。

「こんばんは、かえるさん、さっきのことですが池が一瞬《いっしゅん》光りました。

カレンも確かに見たのです、何かあったのかなと思って……」

「いやぁ、そうなのですよ。この前言ったように、かえるの大臣様が到着《とうちゃく》されてね」

「えっ、本当ですか?!　それじゃ金の鳥も帰ったのですか？」

「もちろんです。金の鳥と光に乗って、過去千年のところからやってこられたのです。われわれはとても感激している所です。

池に入る瞬間、金色に光ったのはそのせいです。でも、金の鳥は途中《とちゅう》でけがをしていて今すぐには帰ることができません」

「えっ、けが？　だいじょうぶなのでしょうか……」

「ゆっくりすれば直るでしょう。心配はいりません」

「金の鳥さんはかわいそうですが、過去千年の国からこられたのですね！」

ハーリーも信じがたいことを信じようとしています。

それにしても金の鳥が帰ってきても、けがをしているなんて、王妃様《おうひさま》もお悲しみになる……。

ハーリーはそのころかえるの、なぞのような言葉を聴《き》いていました。

「かえるの大臣様は、ハーリー様にぜひお会いしたいということです。

そんなに遠くない時期に、かえるの宮殿《きゅうでん》に必ずお招きします」といってかえるのおばあさんは姿を消しました
それからしばらくは、メアリー王妃も悲しみをかくせませんでしたが、やっと落ち着きました。

アンナも必死でバラの道を作ることに貢献《こうけん》し、やっとバラの苗木《なえぎ》を買いに行くまでに進みました。

カレンも毎日のように視察や手伝いにいきました。

そんな中、ハーリーはある日、とつぜん導かれるようにかえるの池にいきました。

とても寒くなっていました。

(いよいよかえるさんも冬眠《とうみん》かもしれない……でもその前に大臣様が会いたいといっていたような……)

「そう、そうなのです？　ハーリー様！」

姿を見せたのはかえるのおばあさんでした。

「あっ！」

ハーリーはとつぜんあらわれた、かえるに少しおどろきました。

「ぜひかえるの大臣様に会ってください」

「……？」

返事をしかねていると、ハーリーの手をグイと引っ張り、いつか池の中にひきこまれたように、あっという間にかえるの世界にいってしまいました。

ハーリーははっと思いました。それはこの池にすむかえるは小さいし、自分はとても大きいのです。

けれどもこの前はちっとも気がつかなかったけど、自分も同じ視点でいられるということは、自分がここに連れてこられたときは、小さくなっているかもしれないのです。

かえる宮殿《きゅうでん》はものすごくにぎやかでした。大広間のようなところでかえるたちが、きらびやかにおどっている？？？

ハーリーはおどろいて見ているとあのおばあさんがきました。

「ハーリー様、かえるの大臣様にお目どおりしましょう、さあ、どうぞ」

そして連れられていったのは、こぢんまりした部屋でした。

「おほん！」かえる大臣は、咳払《せきばら》いするとハーリーは、期せずして笑ってしまいました。

「初めまして大臣様、失礼をしました」

「これなるはかえる大臣のムーアー様です」

「よくきてくれました！」大臣はなんだか笑われてしまって、出鼻をくじかれたようです。

それでもお互《たが》いに気を取り直しました。

「よくきてくれました。わたしは遠い遠い過去の、千年前の世界から時空を超《こ》えてハーリー様に会いに来たのです！」

「えっ、千年？ですか？　わたしには理解できません。あ、その節には、金の卵をかえるさんからいただき、ありがとうございました。大切にしています」

「いえいえ、届きましたか。それはよかった。

千年のことなど、理解などしなくてもいいのです。これはわたしの兄弟である千年前の、かえるの王〔アスカ〕からの伝言です。

この土地、つまりこの池が大きな湖だったころ。

そうです千年前は湖だったのです。しかし、ここの領地の所有者は、自分の都合でここを埋《う》め立《た》て、湖をつぶそうとしていたのです。

そのころどこからか、あの不思議な碧《あお》い鳥と金の鳥が、まいこんできたのです。

その鳥は湖にすむ魔法使《まほうつか》いの変身だったのです。

魔法使いは鳥となり、かえるといっしょに人間と戦うことにしたのです。

そしてかえるには百年の魔法と、碧い鳥に変身できる術をさずけました。でもかれらは物も

言えない動物。そこに……」

偶然《ぐうぜん》とおりかかった若い僧《そう》がいたのです。

碧《あお》い鳥と金の鳥は若い僧に助けを求めました。

なぜかテレパシーというか、心でお話ができたのです。

若い僧は必ず助ける、といって姿をいったん消しました。

そのうちにも湖はドンドン狭《せば》まり埋め立てられていきました。

そしてその面積が三分の一になったとき、若い僧は一人の若者を連れて再びやってきました。

地主とはそれから話し合いが始まりました。けれどもどうしても自分の土地をどうしようと自分の勝手だと、言い張る地主とは折り合いませんでした。

そして今度はちがう人を連れてきました。

それはこの国の国王だったのです。さすがに地主もあきらめて王にすべてをゆずり、金塊《きんかい》をもらって土地と湖を手放しました。

そこで王は、ここに新しい宮殿《きゅうでん》を立てたのです。

すると湖は池になったけれども、かえるたちはとても喜びました。

若い僧や、若者や(王子)、そして国王のために、未来永劫《みらいえいごう》の幸せを約束しました。

宮殿は栄え、碧い鳥や金の鳥が舞《ま》い、一年じゅう春のような幸せに包まれて、人々は暮らしました。

それがもう千年も続いている現在、若い僧《そう》はアレン、若者はハーリー、国王は現在の国王であった……」

かえるの大臣ムーアーは息もつかずに言いました。

ハーリーは、はっとしました。

「えっ、それでは……わたしたちは千年前にそこに……つまりここに生きていたとでもいうのですか？」

「そういうことです！　不思議な人間のえにし……というかそれらは決して目には見えない。けれども厳然とそこに、あったのです……」

「……？」

ハーリーはなんだか分かったような、分からないような気持ちでしたが、それはすごいことだ……一千年も前に……。百年でも気が遠くなるのに、と思っていました。

かえる大臣は続けます。

「そしてわたしがここへ来ていちばんいちばんうれしかったことは、ハーリー様が、われわれのために向こうの池からこちらの池に、道を作ってくださるそうですね。

なんとうれしいことか！」

「いや、ぼくができることはこれくらいのものですよ」

「よくぞそんなに大がかりな仕事を、してくださってお礼のいいようもない。

そしてハーリー様の母上であられるアンナ様も千年の昔……ぼくに本当にやさしくしてくださった。アンナ様は、他国の女王様であられたのです。その徳が高いお方ゆえ、現在は二人のお子が、皇太子と将来の国王なのです」

「母上が……！」

ハーリーは上品でつつましやかな、母アンナを思いうかべていました。

だれにでもやさしく、たかぶらず、みんなの評判はとてもよいのでした。

母上はやはり自分にとっては誇《ほこ》れる人なのだ。

ハーリーはいまさらながら、そういうことに感謝しました。いそがしくて母のことを考えている暇《ひま》がなかったハーリーは、教えてくれたかえる大臣にも会えてよかったと思いました。

そんなことがあってからその翌日には、かえるはみな冬眠《とうみん》に入りました。

いつものように、あのおばあさんかえるは冬眠していても、ハーリーのところにきっとくることができるでしょう。

そして長い冬の間も、バラの道を作るためにみなは働きました。

春までにはどうしても完成させなくては……。

そんな宮殿《きゅうでん》のみなの願いをかなえるために、努力をおしまず働いたおかげでもうあとはバラの苗木《なえぎ》を植えると、終わりというところまできました。

アレンとハーリーが必死でいそがしい中、国民に宣伝したので、寄付もたくさん集まりやっとお金のメドもたちました。

金の鳥も碧《あお》い鳥も、順調で育っています。

アンナはいよいよ、バラの苗木《なえぎ》を、買いに町までいきます。

カレンとあとは御者《ぎょしゃ》二人と、警備が一人です。

馬車の中二人は喜びでいっぱいでした。

「よかったですね。お姑様《かあさま》、もうじき完成ですわ。お姑様がこんなに一生懸命《いっしょうけんめい》してくださったおかげで、ハーリー様もとても喜んでおられましたわ」とカレンは言ったときでした。アンナは小さく「あっ」っと叫びました。

アンナの見たものとは？

馬車の中から見ていたアンナは、右側のほうからくる、不審《ふしん》な馬に乗った三人の男が、近づいてくるのがわかりました。

何か不安がよぎりました。

案の定、馬はぴったりとみなの前にとまりました。

御者はさけびます。

「だれだ！」

その男は背の高い若者のようで、黒い覆面《ふくめん》で顔を覆《おお》っていました。

「その二人をいただく！」

「なんだとぉ」

御者もとっさのことで、どうしてよいかはわかりませんでした。

後ろ側にいた警備員もあわてて男の前に立ちました。

けれどもあっという間に、馬を下りた二人がアンナとカレンのところに来て自由をうばってしまいました。

「きゃあ！」

「やめてください！」

二人はそれぞれの馬に、乗せられてしまいました。

そして残された御者《ぎょしゃ》と警備員にいいました。

「王に告げろ！　この二人はいただいた、とな。話があるならヘンリー様のところまできなさい」

捨てぜりふを残すと、三人を残してたちまち遠くに消えていきました。

御者は、はなれてゆく三人を見て、あわてて宮殿《きゅうでん》に引き返すことを決めました。

（たいへんだ）

（おれたちは抵抗《ていこう》できなかった）

（このままだとクビだぞ……）

この三人もそれぞれに考えていましたが、いい案はうかびませんでした。

とにかく報告《ほうこく》するのみです。

やっとのことで宮殿《きゅうでん》に着くと、二人をさらわれたことを報告しました。

当然の結果、宮殿じゅうはまた大さわぎになりました。

ハーリーも王も王妃《おうひ》も、アプリコットもアレンも、緊急会議《きんきゅうかいぎ》を開きました。

王の弟だから、当然王は自分が行きたい、といいだしました。

結局、ハーリーと王が、二人で話し合いに行くことになりました。

メアリー王妃は、王が行くことには反対でした。

体が弱っていて、また持病の血圧が高くなったら、自身の命も危ないと思うからでした。

たとえ話し合いでも、おだやかな話し合いでは、すみそうもないことでしたから。

ハーリーは自分も苗木《なえぎ》を買いに、いっしょに行けばよかった、と後悔《こうかい》していました。

ハーリーもくやしい思いでした。

親のソフィー王妃と王はそれを知って、カンカンにおこりました。

〔なぜ隣国《りんごく》のことに巻《ま》き添《ぞ》えにならなければならんのだ！〕

〔前々からのうわさに、ヘンリー卿《けい》とは仲が悪いと聞いていたけれど、なぜカレンがさらわれなければばならないの？〕

思えばカレンは、何も関係がないのでした。

ヘンリーにとっては、きっと人質《ひとじち》はだれでもよかったのか、それともだれかにまちがえられたのかはわかりません。

ハーリーは少し困った立場《たちば》に立たされて、汚名返上《おめいへんじょう》をしなければ、義理の関係もおかしくなりそうなふんいきでした。

いっしょに話し合いに行く王も、ちょっと気がひけていました。

こういうときには、フイリップ王はとても鼻息が小さく逃《に》げ腰《ごし》なのです。

(でもハーリーがなんとかしてくれるかもしれない。……)

と心の中ではひそかに期待していました。

悶々《もんもん》とする二人に、いよいよその時が、刻々と近づいています。

ハーリーと王は先頭に、アレンは敵に見つからないように、ハーリーとははなれて、兵隊たちと遠巻きにヘンリーの館《やかた》をめざしていました。

馬はハーリーの心とは裏腹に、かろやかなギャロップで、だんだんと館に近づきます。

ハーリーは館につくと大きな声でいいました。

「ハーリーはただいま参上しました。ヘンリー様にお取次ぎねがいたい」

すると大きな門は開かれました。

広大な芝生《しばふ》の庭をなおも進むと、ヘンリーの住む御殿《ごてん》のような屋敷《やしき》がそびえています。

もちろん、アレンは門の外に待機していました。

「きたか……！」

ヘンリーは意地の悪そうな、人相になっていました。

あれだけ病気していてやせていたのに、ヘンリーの反乱以来、今は小太りの叔父さん風でした。

王は弟に反乱以来会ってないので、その変わりようにはおどろきました。

健康体をとりもどして、だんだんと自分にも似てきている……やはり兄弟なのか……けれども王は、その次に言った言葉におどろきました。

「フィリップ、よくもぬけぬけときたな！」

「何？　ごあいさつだな。アンナとカレンを返していただきにきた！」

「ははは、よく来てくれた。さあ、とりあえず入っていただこう。二人のお方は大事な人質《ひとじち》だ。話がすめば心配はしなくても返す」

「今すぐ返していただきたい！」

「気が早いひとだ。ではわたしの願いを聞き入れてくれるのか？」

「もちろんだ。そのつもりで覚悟《かくご》してきた、その代わり無理難題はいわれても、わしにはできぬ。あまりなことはいわんでくれ」

「よし、そう約束をするのなら、今すぐに返してもよい」

ヘンリーはそういうと、隣室《りんしつ》で待たせておいた二人を、連れて出てきました。

王もハーリーを呼びました。

「ハーリー君、すまんがこの二人を、先に送ってはくれぬか。わたしは二人で話をする」

「はい！」

「ちょっと待て、二人は送らせよう」

「ではちゃんと見届けてくれぬか」

「はい！」

意外にもヘンリーが、すぐに返してくれるというので、ハーリーはおどろいていました。

王は勧《すす》められたワイングラスを断りました。

「昼から酔《よ》ってはいられない……」

「わたしは酔いでもしないと本音が語れない……」

「今までのすべてを語るとよい。きっと小さいころは弱かったので、ヘンリー夫妻もお前もたいへんだったにちがいない」

「今となっては、やはり王室にもどれないかということだ」

「……本気かそれは……」

「そうだ、わたしたちには子どもがいない。この館《やかた》の跡取《あとと》りはいないので、妻の妹にゆずりわたしてわたしはここを去りたいのだ……」

ということは……どういうことか……。妻とはうまくいってないのか……。

王室にいまさらもどっても自分も苦労するだけ、ということもあるのに。

と王は考えました。

本当はたとえ王室に育っても、男子が二人いればやはり、一人は独立しなければならないのです。

「困ったな」王は顔をしかめました。

しかし……王はやはり考えても、それだけは許すわけにはいきませんでした。

「ヘンリー、それには条件がある。一つはハワードの三人の将校との関係を、はっきりさせること。アプリコットをさらおうとしたのはだれだ。まだ解決はしていない。あの三人は黙秘《もくひ》したままだ。

それからダニエルとの関係だ。

ダニエルはこの国を去った。しかし、全面的《ぜんめんてき》に解決されたわけではない。

それははっきりさせないと、後々のもめるもとだからな」

「……」

「どうした、今いえないのか。裏帳簿《うらちょうぼ》もまだ見つかっていない。迷宮入りとされている」

「それはわたしには関係ないことです。こんなにはなれているのに、あいつらとどうして連絡《れんらく》できるのか？

考えても見れば分かるでしょうに。だいたいわたしだけが悪者あつかいじゃないですか？」

おだやかに、しかしきつくヘンリーは否定しました。

ヘンリーがうろたえているときでした。

何かあわただしい音がしました。ヘンリーも（なんだ？）と気をとられていると、一人の使用人がノックします。

「何だ！　いま重要な会議だ」

「ご主人様、大変でございます！」

「どうしたというのかね」

「奥方様《おくがたさま》が……発作《ほっさ》を起こされています」

「……今ごろ……医者を呼べ！　すぐに行く」

そういうとヘンリーは落ち着かなくなりました。

いつものように発作は、死ぬか生きるかの発作であるため、ヘンリーはこのまま話を続けることができなくなりました。

「この件はまた後ほどにする」

「いったいどうしたというのか……？」

「ごらんのように、妻はひどいゼンソクをやんでいる。お引き取り願いたい」

（勝手ないいぶんだ）と思いつつ王は帰ることにしました。

（けれどもちょうどよかった……拘束《こうそく》から開放された！）

そのころハーリーは母、アンナとカレンを連れて帰った直後のことでした。

カレンは急に真っ青になり、宮殿《きゅうでん》の入り口でたおれこんでしまいました。

「どうしたのだ！　カレン！」

ハーリーはもちろん、大勢《おおぜい》のおむかえのために出ていた人々までもが、おどろきの声をあげました。

担架《たんか》が運ばれ、すみやかに王宮の急務室まで運ばれました。

顔は真っ青で気分が悪そうでした。

ハーリーは心配そうに付き添《つそ》っていました。

（どうしたのだろう……そうでなくても父王様はお怒《いか》りだ。この上カレンに何かあったら合わせる顔がない……）

ハーリーは心配していても、何もしてあげられることはないのでした。

ただドレスの上から背中をさすることぐらいしか、できませんでした。

すると急いで医者がかけつけました。

その後ろにもう一人カレンの父が！　いっしょに来たではありませんか！

「えっ、父王様……なぜ？　ここに？」

リチャード王はとても怖《こわ》い顔をしていました。

ハーリーは、深く頭をさげるとあいさつしました。

「王様よくおいでくださいました」

王は少し冷たい視線で、ハーリーをにらむと、いとしい娘《むすめ》のほうをながめやりました。

「一体どうしたというのかね。カレンはかわいそうに、衝撃《しょうげき》を受けたようだな」

「はい……」

なぜ今ごろ王がここにきたというのか、ハーリーには分かりませんでした。

「なぜこの国のことに、カレンがまきこまれるのだ。わたしには分からん。説明してくれ！」

「本当に申し訳ないことです。わたしにもまだ事態がのみこめません……」

うかつに何かをいえないハーリーでした。

そうしている間にも、カレンは苦しそうにえずいています。

「先生、早く診《み》てやってください！」

王はたまらずに声をあらげています。

「はい、ではみな様は少しご遠慮《えんりょ》願えますか？」

一同は診察《しんさつ》のじゃまにならぬように、部屋を出ました。

ハーリーは心配でたまりません。

（何か病気なんだろうか。単に衝撃《しょうげき》だけなのだろうか……）

重苦しい時間は、ものすごく長く感じられるものです。

あれから随分《ずいぶん》と時間がたちました。

リチャード王はカレンの笑顔《えがお》を見て、すぐに帰らなければなりませんでした。

公務の合間《あいま》にきたので、話もしている時間もありません。

あれだけおこっていた王がなぜ……。

それはカレンが、おめでたという医者の知らせがあったのです。

「これは……病気ではありません。おめでたです」

その言葉を聴《き》いてリチャード王はおどろき、そして次には小躍《こおど》りして喜びました。

今さっきまで、フイリップ王にも、文句を言って帰ろうとしていたのに、急にそれはやめることにしたのです。

うれしそうな顔はカレンにも伝わりました。そしてハーリーも、もちろんでした。

(えっ！　本当に？)信じられないといった、まだあどけなさが残る顔でした。

リチャード王にも、そのことは伝わっていました。

「本当か、よかったではないか！　ハーリー」

「バラの道はあきらめて宮殿《きゅうでん》に帰ろう」王はカレンを早く、宮殿に連れかえりたいのでした。

二つの兄弟国は喜びにわきました。

人々はおどろきに満ちていて、みなは自分のことのように、大騒《おおさわ》ぎです。

アプリコットは少しゆううつでした。先を越されて……これはさずかりものよ、とメアリー王妃《おうひ》もなぐさめるのですが、気持ちはどうしようもありません。

カレンもしばらくは、バラの道のお手伝いはやめて、安静にすることになりました。

その間、アンナと王宮の職人たちで工事は進んでいます。

幅1メートル半ぐらいのじゃりと砂の道で、長さは1キロメートルくらいの、こぢんまりとした手づくりの道です。

あれからバラの苗木《なえぎ》は手分けして、いろいろなところに買い付けにいき、道もほとんど完成直前です。

あとはバラの苗木を植えるだけとなっていました。

そしていよいよ本格的《ほんかくてき》な冬が始まりました。

人々はできるだけ外に出ないようにし、寒さをしのいでいます。

かえるも今は深いねむりに入っていることでしょう。

王宮の冬は長くゆううつなものなので、ハーリーはうちうちで、金の鳥のお祭りを、開こうと思いました。

いつもなら他国の人も、たくさん呼ぶのですが、今回はフイリップ王とリチャード家の家族だけの、ひそかなパーティでもありました。

フィリップ王は、実はある計画をねっていました。

それはヘンリーをこのパーティに出席するように、招待状を出していました。

本当に来るか来ないかは、本人に任せるとして、表向きはもし王室にくるのならば、みなになれてもらいみなも、またよく知ってもらいたいというものでした。

これを断るはずもないと、王は自信を持っていました。

ハーリーはあの悪者のヘンリーが、来るというだけで行きたくもないパーティでしたがやはりそうもいきません。

（父王には何か深いお考えがあるにちがいない）と思っていました。

アレンは王の考えがちゃんと分かっていました。

それは言っておかなくてはならないことがあるからです。反対はだれにもできないことでした。

二週間後、宮殿《きゅうでん》ではそのパーティは行われました。

親戚《しんせき》身内ばかりで、気楽といえば気楽なパーティでしたから、みなはとても喜んでいました。

カレンは、出席は気が進まないようでしたが、ハーリーは［座っているだけでいいから］とぜひ出席するように勧《すす》めました。

フィリップ王はヘンリーに、ある重大な事実を告げなければなりませんでした。

パーティの後でいうのか、先に告げるのかをなやんでいました。

先にいってしまえば、ヘンリーはその衝撃《しょうげき》で帰ってしまうかもしれません。

後でいうのもひきょうなやり方かもしれないけれど、彼の悪事はどうしても国民のためにも、白日の元にさらさなくてはなりません。

それは兄弟としては勇気のいることでした。

悪いことをつぐなったときには、晴れてここにむかえようという、決心は変わりませんでした。

そうでないと、アレンやハーリーに対しても申し訳ないと思うからでした。

腕《うで》ぐみをして王は静かに目をつむりました。

(そうだヘンリーも考えればかわいそうなやつだ……。王族に生まれながら、せっかく王にもなりながら、国民には支持されず……でも将来はきっといい人間になってくれるはず、だれが信じなくともわたしが信じるべきだ)

そしてその時はやってきました。

みなは正装して、あるいは思い切りのおしゃれをして、張り切って王宮に着きました。

楽しいパーティなのに、楽しまなくては意味がありません。

むかえるほうも気楽なパーティであるように、いつもよりゼイタクな品々を用意してもてなしました。

これは王族の個人的《こじんてき》なパーティなので、公費からではなく、王のポケットマネーから出ていました。

アプリコットも、うすい水色のお気に入りのドレスにバラの花を、たくさんつけていました。

カレンは紫《むらさき》とピンクのまざった、不思議な色のドレスでした。

(今日は見学するだけ……)には少し不満がありましたが、それもしかたがないことでした。

その場にも、反乱の王として君臨できなかった、ヘンリーも呼ばれていました。

しかしそれは、あわれなヘンリーをさばくために、フイリップ王が呼んだのでした。

ヘンリーも、白いフリルのついたおしゃれなシャツを着て、真っ白なタキシードでした。久しぶりのお出かけなので心はうきうきでしたが……。

苦しいことが待っているとも知らずに……。

フィリップ王は、そのいでたちを見て、やはり最後に言うべきと判断しました。

ヘンリーは初めてともいえる社交界（といっても身内）デビューでした。

みんなに思い切りの笑顔《えがお》と、愛想をふりまき、できるだけ目立とうとしていました。

その中でもとくにアプリコットには、よく話しかけていました。

「姫《ひめ》、いや今はアレン様のお妃《きさき》でいられる。今日はまたきれいなドレスでいらっしゃる。そして今ごろバラの花などないときにたくさんの花をつけられて……ぼくはとても気になるのですが……」

「あらヘンリー様、よくおいでくださいました。これですか、これはある外国の人のプレゼントでもあります。あらヘンリー様ごめんあそばせ、カレン様が呼んでいらっしゃいますので……」

アプリコットは、今この人の名前を聞いただけで、気分が悪くなりそうでした。

カレンが呼んでいるわけでもないのに、ヘンリーのもとをさっとはなれました。

もしかしておどってください、などと言われたならば、とんでもなくいやでした。

今日は断ることもできないからでした。

王はしかしそんなアプリコットのようすを、しっかりと見ていました。

逃《に》げられたヘンリーは、ニヤニヤと笑《わら》うしかありませんでした。

そのころハーリーは、カレンをたいくつさせまいと、つきっきりでした。そんなときアプリコットはヘンリーを逃《のが》れてきました。

「ハーリー様、わたしがお義姉様《ねえさま》のお相手をしますわ。どうかおどってきてくださいな。もちろん若い人は少ないですけど……オホホホ」

アプリコットは明るくふるまっていました。

いやなことは心の隅《すみ》におしこんで……。

ダンスも立食パーティも十分楽しんだころ、王はあるものをとりだしました。

それはこのパーティの、主人公である金の鳥と、碧《あお》い鳥の披露《ひろう》でもありました。

碧い鳥は、ひらひらと長い尾《お》をなびかせながら、鳥かごをはなれて自由に飛びまわります。

金の鳥は、ため息がもれるほど、キラキラとして部屋を優雅《ゆうが》に彩《いろど》っていました。

「みなさん。静粛《せいしゅく》にお願いしますぞ。この鳥をビックリさせぬようにな」

王は満足げにニコニコしていました。

ヘンリーは、こんなに美しい鳥は、いたことも知らなかったのです。

（これはスゴイ！　これで金もうけをしないとはのんきな王様だ）ととんでもない考えを持ちました。

　そのときなぜかヘンリーは、ダニエルのことをふと思いだしたのです。

（そういえばダニエルは、金の鳥がどうのこうのと、ちらっとはいっていたが……わたしは置物《おきもの》かと思っていた。

　生きた金の鳥は信じられなかった……）

　ヘンリーは思いだして考えてみました。

（しかし、すごくきれいな鳥だ……）

　そして延々《えんえん》とパーティは続き、やっと終わりをむかえました。

　王はそっとヘンリーに近寄りました。

「ヘンリー、話がある」

「……」ヘンリーはだまってうなずきました。避《さ》けて通れないことでしたから。

「お前に合わせたい人がいる！」

「は？　だれですか？」

「いけばわかる」

　別室に入ると、待っていたのは、なんとダニエルではありませんか。

「ダ、ダニエル……？」

ヘンリーは真っ青でした。

「いったいどうしてここに……」

「ヘンリー様、お久しゅうございます」

「どうしたというのだ、お前がなぜここにいる？」

「それが……このとおりでして、つかまったのです……

あれから遠くの町で過ごしたけれど、息子《むすこ》がわたしのことを父とも呼ばず……」

ダニエルはみじめな姿で肩《かた》をおとしました。

「たった一人の息子に……問いつめられて改心したのです。昔は世界一の金庫番といわれていたのに。

酒におぼれ、金に買収され、自分のことしか考えない人間に、なり下がってしまいました。

おれは真人間になることを息子にちかったのです。ヘンリー様には申し訳ない。けれども知っていることはみんな言ってしまいました……」

彼はそういって涙目《なみだめ》でヘンリーを見上げました。

ヘンリーは言葉も出ませんでした。

しかし全部しゃべってしまえば、もう自分もおしまいだと気がつきました。

そこに王の言葉がヘンリーに向けられました。

「ヘンリー、悪は悪だ！　つぐなえばいい。これからでもおそくはない。わたしはこれからのヘンリーも見捨てないぞ。必ずここにもどれるようにまずはつぐなうことだ」

ヘンリーは言葉もなく目をふせていました。

（すべて終わりだ……）

そしてとらわれの身となりました。

ガチャッと手錠《てじょう》をかけられ去ってゆくヘンリーに、関係者はほっとすると同時に哀《あわ》れみを感じていました。

もしダニエルがつかまらなかったら、ヘンリーの悪事は表にあらわれなかったことでしょう。

しかし、今度こそ、もう逃《に》げられないのでした。

続いてダニエルも再び牢《ろう》に入れられました。

ハーリーもほっとしました。しかし、決まっていたこと　とはいえ、パーティの後なので後味の悪いことでした。

夜も深しんとふけていきます。

そして冬はどんどんと過ぎ、春に向かっています。

春は近くにくるまでは、全然わからないものです。

王宮も静かな平和に包まれていました。

この平和を乱すものは今はいないからでした。

静かな夕焼けも、王宮の美しいシルエットをつくっています。

ヘンリーは獄中《ごくちゅう》で、よく夢うつつにうなされていました。

それはゼンソクのひどい発作《ほっさ》に苦しんでいる妻が、いつもあらわれて死にそうな形相《ぎょうそう》でうったえて、くるのでした。

そのことはやはり気がかりで、王に特別にお願いして、医者と看護婦を毎日行かせてました。

思えば死に直面している妻と別れて、一人でこの王国に来ようと計画していたのに、その計画は台なしになってしまいました。

妻の妹夫婦《ふうふ》に、大きな館《やかた》もゆずろうとも考えていたのも、そうもいかなくなってしまいました。

これから裁判が始まって、どれだけの罰則《ばっそく》が科せられるのか……。

ヘンリーは、ますます孤独《こどく》におちいってしまいました。

冷たい冬を、つめたい獄中《ごくちゅう》で過ごすことになって、毎日ますますやせていきました。

王もハーリーも、気の毒に思っても、それ以上の情けはかけられません。

そんな間にも王室にもやっと春は訪れようとしていました。

すっかり雪も溶《と》けて、生まれたばかりの緑の草や、たんぽぽ、すみれなど花が咲《さ》き始めています。

ゴトゴトと窓から何か音が聞こえます。

「あら、何かしら？」

アプリコットはアレンの顔を見ましたが、アレンはまだよくねむっているようで、アプリコットの小さな声も、きいていませんでした。

そっと窓に近づくと、そこにはなんとかえるさんが……。

じっと見ていると、しわのあるおばあさんのかえるのようです。

そしておいでおいでをしています。

（え？　おいでといっても、まだこんな格好《かっこう》じゃ……）外へ出ればまだとても寒そうです。

アプリコットはとっさに厚いガウンを着ました。

アレンを起さぬようにそっと足をしのばせて。

いつも身の回りのお世話をしている人は、交代して今はやさしいおばあさんです。

その部屋もそっと通って、抜き足差し足しのび足です。そしてとうとう窓際《まどぎわ》にいきました。

かえるはアプリコットの前にくると、

「よくきてくれましたね、では行きましょう」

「どこへ？」

「はははは、どこってかえるの宮殿《きゅうでん》に、決まっていますよ」

そういうとぎゅっと手をにぎられてしまい、あっという間に……。

アプリコットは、池の中に吸《す》い込《こ》まれていきました。

初めてのことで、おどろきのあまり言葉も出ませんでした。

「ここはどこ？　わたしはどうしてここにいるの？」

するとその前にはかえるがたくさんいて、かえるのおばあさんもいました。

「ねえ、ここは？」

「アプリコット姫様《ひめさま》！　ようこそ！」

「な、なんなの一体」

「はい、ここは姫様のお庭です。ご安心ください。これなるは、かえる大臣様です」

「わたしの庭？」

「そうです。庭にある池でございます」

「かえるの大臣様といわれても……」

アプリコットは、さっぱりと分かりませんでした。

「……この前聞いたけれど、宮殿《きゅうでん》は古いので、とりこわされたのではなかったのですか？」

ハーリーにちらっと聞いたことはある、かえる宮殿でしたが。

そのときでした。

「オホン！」と一つ咳払《せきばら》いをして、かえる大臣はそりかえっておりました。

それを見たアプリコットは、思わずやはりふきだしてしまいました。

「何がおかしい！」

ハーリーにも、アプリコットにも笑われたかえる大臣は、バツの悪そうな顔でしたが、自分も笑ってしまいました。内心は（やっぱりおかしいかなぁ？）と思いつつ。

「これ姫《ひめ》、せっかくきたのだから、一つ楽しいひとときをぜひすごしてもらいたい」

「あら、初めまして、大臣。おまねきありがとうございます。楽しいひととき？　でも私……がいなければみんな大騒《おおさわ》ぎになりますよ。早く返してください！」

「だいじょうぶだ。宮殿《きゅうでん》の時計はわたしが細工をしておいた。姫が帰るまで動かない。つまり時計は止まっているのだ！」

「えっ、時間が……？　どういうことですか？」

「姫には何も心配ないということだ。それよりも、これからおどろくべきことが起きる。わたしは遠い過去の国からやってきたのだから、なんでも可能なのだ。

姫にはぜひ空中遊泳を楽しんでもらおうとおもって……」

「はっ？　空中遊泳？？？」

アプリコットはただ唖然《あぜん》とするばかりでした。

このかえる大臣は何者？……

「でもどうしてわたしなのですか？　ハーリー様もいるのに」

「それは……わたしたちのことをやさしく理解してくれているからです。そしてわたしたちはみな好《す》きなのですが、特に姫《ひめ》とハーリー様が好きだということです。気になさらないでください。ではまいりましょう」

かえる大臣がアプリコットの、細いきれいな白魚のような手をとった瞬間《しゅんかん》でした。

うず巻く光に包まれてあっと思う間に高く空中に飛びました。

それは池を飛《と》び越《こ》えて、はるかな大空に自分が飛んでいるではありませんか。

アプリコットは目を丸くして、風を感じていました。

それは何の違和感《いわかん》もなく、とっても気分のよいものでした。

自分の住んでいるお城が、自分で見わたせる、それはありえないことです。

(わぁすてき！　とてもきれい。かえるさんは見えないけれど、そのほかのものはすべて見えているわ。

あ、あれはハーリー様、池の淵《ふち》で休憩《きゅうけい》されているわ。あら、みなさんも……アプリコットはふだん絶対に見られない風景の美しさに感激でした。

そしてもちろんおとなりのリチャード王国も自国に似て、すばらしい国であることを確認しました。

空中遊泳はそんなに長くはありませんでしたが、とても長く感じました。

(もっと飛んでいたい……)

ふんわりとしたやさしい風と、ぽっかりとうかんだ雲は、アプリコットにとっては忘れられないものになりました。

地上ではこのような感じは、感じることはありません。

何もない大きな空、まるで大きなキャンバスのように広く、自由に描《えが》くことのできる、無の空間です。

無こそ、なんでも生み出せる世界でもあります。

ふと気がつくと、アプリコットは池のそばでした。

ハーリーがいるところからは反対側でした。

不思議な時間はまるでなかったかのようでしたが、それは心の中にはっきりと記憶《きおく》として残されていました。

（このことはいつかハーリー様に……）ハーリーなら必ず分かってくれるはず、と信じていました。

アプリコットはこの後、みなと合流しました。

金の鳥にみなが感激した後待っていたのは、リチャード王、ソフィー王妃《おうひ》、カレン、ハーリーの母アンナたちでした。

軽食を用意してたくさんのお客たちをもてなしました。

ハーリーは一人かえるの池で休憩《きゅうけい》していると、とつぜんかえるが出てきました。

「ハーリー様！」

「あっ、かえる大臣、いつの間にここへ？」

「ははは、いつだってハーリー様を追っかけていますよ！」

「へえ？　そうなんだ！」

ハーリーには理解できませんでした。

「これからものすごいことが起こりますよ」

「ものすごいこと？　一体なんだろう。ぼくには分からない……」

「お楽しみに。この池がネックです。みなを最後に誘導《ゆうどう》、案内されるでしょ。そのとき何かが起こります。一種のパフォーマンスとでもいうべきでしょう！」

「そうですか……。楽しいことだったら歓迎《かんげい》します。あんまりとつぜんおどろかさないでください。

心臓《しんぞう》にわるいですから！　お歳《とし》の召《め》した方もおられますから」

「だいじょうぶです、きっと楽しいです！」

王妃《おうひ》たちの歓談《かんだん》も終わり、ハーリーは最後に池に案内しました。

「ここは第二のかえる宮殿《きゅうでん》です。フィリップ王国の、池の中にもかえる宮殿があります。でも老朽化《ろうきゅうか》してとりこわしとなり、今度新宮殿がたてられるそうです」

「池の中に？　かえる宮殿が？」

「ハーリー皇太子！　何をおっしゃっているのか……わたしにはさっぱりと分かりません。この中に宮殿《きゅうでん》があるとでもいうのですか？」

「そうです。ここは新しい宮殿です。入り口のほうにある池は昔からあった古い宮殿です。でもこんなお話は信じなくてもいいです」

「皇太子様のいうことだから、まんざらうそでもあるまい。しかし、不思議な国だ！」

「そうですね。不思議に満ちた国。それでいいと思います」

ハーリーは、こんなことを別に信じてもらおうなどとは、思いませんでした。

これから何かが起きる、そしてみなはもっとおどろくことになります。

それはハーリーにも何のことか分からないことでした。

「しかし、きれいな池ですね。かえるが住んでいるなどとは思えない……」

人々は小さな池の淵《ふち》をとりかこんで、じっと見ていたそのときでした。

「あっ！　あれは……！」

みなはいっせいに同じところを見つめました。

池の中央が少しもりあがり、ぶくぶくとだんだん水の柱のように、なってきたからです。

それは青い色をしていました。それはまっすぐに、高く上のほうに、上がってゆきました。

と、あっという間もなく水の柱は、四方八方に飛び散り、また水は池に落ちてゆくのです。

その水柱の上には、たくさんの小さいかえるがいました。

そして降りそそぐシャワーのような水の上を今度は、すべり台にして、かえるが池に落ちてゆくではありませんか!?

みなは、あっとおどろきの声をあげました。

次から次へとかえるは、中央から吸いこまれて噴水《ふんすい》のように上がり、落ちてくる水に乗って池にもぐりこむ……をしばらくくりかえしました。

すべり落ちる、かえるがこっけいなのか、みなは笑いと拍手喝采《はくしゅかっさい》でした。

「すばらしい、ワンダフル！」

「すごい！　どうしてこんなことができるのだ？」

ハーリーも唖然《あぜん》としていました。

（すごい！　なぜこんな演出ができるのだ！）

と目をこらして見ていました。

拍手《はくしゅ》はなりやみません。

ハーリーも精一杯《せいいっぱい》の拍手《はくしゅ》をしました。

おどろきの光景は、しばらくみなの心をたのしくしました。

「ハーリー皇太子、すばらしい、ここは本当に天国じゃないだろうな！」

「お妃様《きさきさま》につねってもらいなさい！　きっと痛いはずです！」

「わたしは一生忘れないだろう、この光景を！」

「わたくしはまた姫《ひめ》を連れてきたいですわ。今日は残念ながらどこへいったのか……姫はわたしとちがって大のかえる好《ず》きでしてよ」

「あら王妃様《おうひさま》、わたくしはここにおりましてよ」

「あら、いつの間に……」

ハーリーは返事ができないほど、人々は話しかけてきました。

（大成功だ。特にかえるさんが、いちばんおもしろかったようだ！）

リチャード王とカレンも、このようすを見ておどろいていました。

（ハーリー君は何者だ、こんな芸当をかえるさんにさせるなんて……だれにもできないこと……）みなは名残惜《なごりお》しそうに、池をはなれようともしませんでした。

でも時間というものが永遠にあるわけでもなく、やがておむかえの馬車が着くと、帰らなければなりませんでした。

「ハーリー皇太子、これはわれわれの国の人もきっと行きたがる。いいかな？」

「いいですとも。どうぞ、みな様またいらっしゃってください」

そしてみな満足そうに帰りました。

この後、アプリコットはハーリーに、こっそり大空遊泳の話をしました。

「ええっ、本当？　そんなこと……ありえるの？……。でもうらやましいなぁ？」

「わたしと、ハーリー様がいちばんのかえる大臣のお気に入りらしいのです！」

かえる宮殿《きゅうでん》ではそのころ、大会議が開かれていました。

もうじき、かえる大臣が遠い国に帰る予定だからです。

そして議題はふたつ。

一つは明日の大臣を送るもてなしの方法について、もう一つはかえる宮殿の古い宮殿の取り壊しの件についてです。

「みなさん、どうしてさしあげたら、大臣のお帰りにふさわしいかな。考えてください。それから古い宮殿は、ものすごく値打ちのある建物《たてもの》だそうです。

いかに新婚《しんこん》のかえる姫《ひめ》だとしても、とりこわすのはとても非常識と、大臣はおっしゃっていますぞ！　この議題で今日は協議します」

「わっ！」と、そのときいっせいに賛成派が拍手《はくしゅ》をしました。

「そうだ！　そのほうがいいに決まっている。今度建てるといってもなかなか同じものは建てられない。いかに百年前といえども、今日でもちっともおかしくない。荘厳な建物《たてもの》です」

ある学者の　かえるが立ち上がっていいました。

「賛成！」

司会者はおどろきをかくせませんでした。こんなに賛成が多いとは予想していなかったからです。

もちろん反対意見も多数ありましたが、賛成はそれを上回り、どうやらとりこわしはまぬがれそうです。

「では一応、とりこわしはやめることにしましょう。それでは大臣の送別会のことについて」

「だれか、意見はありませんか？」

「ハーイ！」

「どうぞ、いってください！」

「ハイ！　サーフィン大会がいいとおもいます！」

「ほかに？」

「ダンスの夕べはどうでしょう。ムードもあってとても楽しい夕べになります」

「ほかに？」

「……」

「それでは、サーフィン大会は大臣が見るだけです。やはりダンスの会なら大臣もおどってもらえるし……」

そこでみなは賛成の声が多く聞かれました。

「それではあさっての夕はダンスを華《はな》やかにおどって、見ていただきお送りすることに賛成ですか？」

「ハイ、大賛成」

「賛成でーす」

協議の結果、ダンス大会に決まりました。

「そうと決まったら、ハーリー様にはぜひ、出席してもらわないと。

それから、向こうのかえるたちにも集合をかけて……と。連絡係《れんらくがかり》はだれにしよう……」

かえるのおばあさんは、急にいそがしくなりました。みんなに号令をかけなくてはなりません。

向こう側の池にいるかえるとも、頻繁《ひんぱん》に連絡も必要です。

そのときいい考えがうかびました。

〔そうだ！　あの鳥さんにしよう〕先日、一羽の鳥がまよいこんできました。それは翼《つばさ》をいためた金の鳥でした。

金の鳥は、やはりふるさとであるここの池に、帰りたいといってさまよい、けがをして自然に治るのをまって放しがいにされていました。

しかし、ほとんどよくなっているのでした。

かえる大臣は、このままでは目立つし、人間にまたつかまえられるので、もうしばらくだけの間、魔法《まほう》をかけて色を変えふつうの鳥にしてしまいました。

これならだれが見ても、金の鳥のように目立ちません。

さっそくリチャード王の側の池に飛び立ち、明日おそくにダンス会が、もよおされるので、集合するように連絡することになりました。

そしてハーリーには自ら、伝えることにしました。

ハーリーがこの池にくるのを、ひたすら待たなければなりません。

その間もみなは急いで支度《したく》をします。大広間の掃除《そうじ》や衣装《いしょう》の調達、と戦争のような騒《さわ》ぎになりました。

「コン、コン」

ハーリーの寝室《しんしつ》の窓に、コンコンと軽く音がしていました。

ハーリーは公務から開放されて、やっとねむりにつく寸前《すんぜん》でした。

カレンはとなりで、もうねむっているようですが、ハーリーはいつものようになかなかねつけません。

（えっ、だれかいるのかな？）

のぞいてみると、あのかえるさんではありませんか。ハーリーはそっと静かに窓を開けました。

「カレンはもうねている。しいっ！」

「今晩は、ハーリー様、きょうはお伝え事があってきました。あすかえる大臣がもうお帰りになります。それでダンスパーティがあります。ぜひご出席をお願いします」

「えっ、もうお帰りになるのですか？」

「そうです。あすの今ごろ、おむかえにまいります」

「ちょっと待って……明日？」

「そうです。明日の今ごろの時間です」

「今ごろ正装して待つのか？」

「ではお願いいたしましたよ」

かえるはなんだかハーリーの言い分も聞かずに、一方的《いっぽうてき》にいって帰ってしまいます。

「……」（でもしかたがない。出席しなければ……）

さて、大騒動《おおそうどう》の後、どうにか用意は整いました。

ハーリーも公務を終わると、すぐにカレンに手伝ってもらって、正装に着替えました。

「ねえ、かえるさんに招待されているらしいけど、どこであるのですか？」

「池だよ、池！」

「はっ？　池？　……どうして池で……ダンスパーティができるのですか？」

「……」

そうでした。カレンは知らない世界でした。そんなことは常識ではありえないこと、そして想像もつかないことでした。

とにかく、かえるさんがむかえに来る時間なので、ゆっくりお話などしていられません。

一方かえる宮殿《きゅうでん》も、やっと用意が整いました。周囲はもうすっかり暗く、池の中はというと真っ暗です。

それでいっせいに明かりがともされて、広間にはたくさんのかえるたちが、集まりました。

「さあ、それではわたしはハーリー様を、むかえに行きます。それまでにかえる大臣様、をお願いいたしますよ！」

「それが……」

「どうしました？」

「かえる大臣が行方不明《ゆくえふめい》でして……」

「えっ！　行方がわからない？　どういうことですか？」

「はぁ、さがしているのですが……。どこへいかれたのか……」

おばあさんのかえるは、主人公のいない間にハーリー様がきても……と思いましたが、約束の時間もあるので、とりあえずハーリーをむかえに行くことにしました。

「そうですか、いそいでさがさなければ、みなたのみますよ！」

とりあえずお願いしました。もう用意はすっかり整っているのに、肝心《かんじん》のかえる大臣はどこへいったのでしょう。

ハーリーは今か今かと待っていました。（本当にきてくれるの？）と思いながら。

カレンには帰ってから、話をしようと思い「先に休んでください。ぼくはいつ帰れるのか分からないから」といって池の方に歩いていきました。

すると……きました。かえるのおばあさんが、池の岩のところにいました。

「よくきてくれました！　ハーリー様、ではまいりましょう」

「約束だからね」

「ちょっと心配なことが起こりました。かえる大臣がいないのです。どこへおかくれになっているのか」

「え、大臣がおられない？　大臣様の送別会ではないのですか」

「そうなんです！」

とにかくかえる大臣がいなくても、時間がせまってきたので、とりあえず軽い音楽を流すことにしました。

そのギリギリの時間に、かえるたちがざわざわとしはじめました。

「おかえりになったぞー！　大臣様が！」

かえる大臣は悠々《ゆうゆう》と、中央にいる、ハーリーのところにゆっくりときました。

「これは……どこへいかれていたのですか。みなさんはお待ちかねです」

「ああ、ハーリー様。わたしはね。どうしてもハーリー様の母上であらせられるアンナ様にお会いしたくて……」

「えっ、なぜですか？」

「それは……今回バラの道に、いちばん尽力《じんりょく》してくださったお方ですから。どうしてもお礼をいいたかったのです。それに……」

「それに？」

「いいや、もういいです。あとで。みなさんを待たせて、早く始めてください」

長い話は今はできません。ハーリーの合図《あいず》で、クイックダンスが始まりました。

ハーリーはいいかけたことを、また後で聞くことにして、とりあえずおどることにしました。

みなもおどりだしました。

サンバやルンバ、かろやかにみんなの笑顔《えがお》は、幸せに満ちていました。

かえる大臣は、こんなに楽しい時間は初めてでした。

かえるたちも、自由にそれぞれおどります。そこに規則なんかありません。

楽しければなんでもありです。

「かえる大臣は、わたしたちに人々への接し方や、喜んでいただくことなどいろいろ教えてくださった。心の広いお方だ！」

「そう、あの池の水を噴水《ふんすい》のようにして持ち上げ、そこからのすべり台のようにすべるのは愉《ゆ》快《かい》だったね」

「ぼくはサーフィンをならったよ！」

「これで大臣が帰られても、なんでもできるよなー！」

「でもさみしいかも……明日からは。今ほどのもりあがりを続けることができるかなぁ」

夜もふけていきます。

草木もねむるころ。かえる宮殿《きゅうでん》では、にぎやかに疲《つか》れ知らずのかえるたち、がおどっています。

さあ、最後のワルツがながれます。

時間がたつほどに、ハーリーもかえる大臣が、いよいよ遠い国に帰るんだ……とふとさびしい気持ちになりました。

楽しいパーティも終わりました。

みな悔《く》いのないほどおどりました。あしたにこたえるだろう、と思われるほどのステップをふんで、足がもつれそうでした。

「さあ、もう思い残すことはない。みなさん、ありがとう！！！　これでスッキリした気持ちで過去の世界に帰れる。そして安心した。こんな立派なバラの道を作っていただいて、ハーリー様みな様にも感謝の気持ちをお伝えします。遠い世界の〔アスカ大王〕様にもしっかり伝えておきます」

「ありがとう。いろいろ教えていただいて、みな喜んでおります。かえる大臣、気になることがひとつあります。いいかけていわなかったことが……」

「ああ、あのこと？　アンナ様はその昔、大きなとある国の王女様でいらした。みなさんのマドンナであられた。だから尊いお方なのです。わたしたちにとってもえにしの深い方であります。どれだけあの方に助けていただいたか……」

「そうでしたか……母君はそうだったのですか……」

「そう、だから徳はつまれています。やはり人間はいいことをたくさんしなくては……」

「わたしたちも心がけます！」

「それがハーリー様の道でもあります」

「では、みなさんさようなら。これで心おきなく帰れます！」

「さようなら」

「さようなら！」

大勢《おおぜい》のかえるたちに見送られて、大臣は出発しました。初めはゆっくり、やがて光のかたまりとなって、異次元の世界に帰る、大臣。

みなも名残惜《なごりお》しそうにしていましたが、やがて向こうのフイリップ王国の池に、帰らなければならないかえるたちで、いっぱいになりました。

それぞれの胸にかえる大臣の思い出を焼き付けて、今度はいつ会えるとも分からないさびしい思いでした。

バラの道を、ぴょんぴょんと帰っていくかえるたちは、壮観《そうかん》でしたがだれも見ていない明け方のことです。

ハーリーも、おばあさんのかえるに、連れられて池を出ました。

何事もなかったように、池は静かでした。あのにぎわいは一体……なんだったのか、とそのとき、ふと池の中で何かが光ったような気がしました。

（おや？）ハーリーは確かに見ました。

それは金色の鳥が、池の中から出てきた瞬間《しゅんかん》を目撃したのです。

「金の鳥だ！」

かえるのおばあさんはいいました。

「そう、あれは金の鳥だよ。すっかり治ってもどされた。大切にしてください」

「そうだったのですか……。ありがとうございます。大切にします！」

金の鳥は大空を大きく一周まわり、それから事もあろうに、ハーリーの肩《かた》にとまりました。

「よくもどってくれましたね」

「ではお帰りください、ハーリー様ご苦労様でした」

かえるのおばあさんは池に帰りました。

不思議なことに、金の鳥は、肩からはなれようとしません。

ハーリーといっしょに部屋に入りました。

午前4時。カレンはやすらかにねています。ハーリーは疲《つか》れた体を横にするとすぐにねむってしまいました。

そして次の朝のこと。

「きゃあ、と、鳥さんが……！」

カレンの小さい悲鳴にハーリーは起きました。

「どうしたのです？」

ねむい目をこすりながら、ハーリーは部屋を見わたしました。

「えっ！」そしておどろきました。

金の鳥は置物《おきもの》ではなく生きているのです。かざってある花瓶《かびん》の水をのみ、花をついばんでいました。

カレンはそんなことよりも、部屋に点々と金の鳥の残したフンのことを、なげいていたのでした。

「ああ、台なしです……」

敷《し》いてある絨毯《じゅうたん》にも……。

「そうか。この部屋で放し飼いにしたわたしが、いけなかったのだ……」

ハーリーはいそいで侍従《じじゅう》を呼び、金の鳥の係を連れてくるように、たのみました。

「でも一体どうしてここに金の鳥が……？」

カレンは不思議に思いました。

カレンはハーリーが帰ったことも知らず、ハーリーもまた金の鳥が部屋でしていることも知らないほど、熟睡《じゅくすい》していたのでした。

金の鳥もおなかがすいていたのでしょう。

ハーリーも、急におなかがすいてきて、さっそく朝食をとることにしました。

「そうだ、昔の話だけど。日本という国でウグイスという鳥がいて、その鳥の糞《ふん》がご婦人の洗顔料になっていたらしいよ」

ハーリーは高笑《たかわら》いをこらえられませんでした。

さて一方アンナはかえる大臣の訪問のあと、考《かんが》え込《こ》んでいました。

バラの道も完成していそがしいことも一段落して、いぜんにも決意したように田舎《いなか》に帰りたいと望んでいたからです。

かえる大臣はいいました。

「アンナ様、あなた様が田舎に引きこもって、おしまいになるのは、まことにもったいないお話だ。

それより、もっと有意義な過ごし方があります。あなた様にできること、それは大勢《おおぜい》の人を救う使命があります。自分より不幸な人、自分より弱い人のためにひとつ力をつくしてみませんか？　きっとより多い協力がえられるでしょう。そしてそれがまたさらに国を救うことになります。

現在の仕事は若いだれかにゆずって、アンナ様にしかできない仕事を、されるのがいいとわたしは思い進言させていただきました。

何よりもそれを、待っていられる人々が大勢います。このとおり大臣の願いでもありますので、今一度考え直してください」

アンナはそのときは、どういう意味かは分かりませんでしたが、とても熱心に自分の考えをいわれたので印象に残りました。

(わたしの考えは正しくないのかしら……かえる大臣の言われることも一理はあるし)

アンナは少し考えることにしました。

ハーリーは金の鳥もかえったし、バラの道はとても評判がよく、次から次へと他国からの訪問者が、たえることもなくきてくれるので一応安心しました。

少しだけの観覧料《かんらんりょう》をいただき、財政再建をもめざしていました。

(この調子だと二年後くらいにはきっとマイナスがプラスに変わるはず)と計算していました。

自国の国民も宣伝が行き届き、たくさん詰《つ》めかけました。

そして、みなバラの美しさをたたえ、どこにもいない金の鳥をおどろきの目で見ました。

その結果、世界でも有名な国になりました。

それから二年後、人々のくらしも以前よりよくなり、豊かになりました。豊かなのがあたり前の生活は、人々に見えるものも、見えなくするようです。

ある日とんでもないことが、起きてしまいました。

それは、フイリップ王国がやっと財政を持ち直して、アレンやハーリーの計算よりも早く、回復したのでした。そんなとき、

「ハーリー様、最近、金の鳥は何か病気なのでしょうか。羽につやがなく、なんとなく色があせているようです」

飼育員は相談にきました。

「わたしも実はそう思っていた」

あの美しい金色は三羽とも色あせていました。

飼育員がどのような処置を施《ほどこ》しても、一週間で金色がすっかりなくなりました。

王宮のみなも、おどろき、悲しみました。

しかし、再び美しい金色に変わることはありませんでした。

王宮のみなも、静かに暮らしていけることになりました。

それ以来かえるたちもハーリーとお話しすることはありませんでした。

ひとつも変わらないのは池でした。相変わらず濃《こ》い緑の水をたたえて、かえるたちもたくさんいます。

ハーリーは、今日もアプリコット姫《ひめ》と不思議そうに池を見つめていました。

過ぎし日の夢だったのでしょうか。

いつかまた金の鳥が、自由に飛ぶことはあるのでしょうか。

完

秋月夕香（あきづき　ゆうか）

奈良県出身。
詩と童話を書く。「このて」同人。
日本児童文学者協会会員。
著書
『おさかなのとんだ日』
『助けて!!　マルタ星』
『モグラの見た海』

中谷和美（なかたに　かずみ）

大阪府出身。
日本学生油絵コンクール一位入賞。
嵯峨美術短期大学卒業。

かえる宮殿

発行日　二〇〇九年九月十日　初版第一刷発行
著　者　秋月夕香
装挿画　中谷和美
発行者　佐相美佐枝
発行所　株式会社てらいんく
〒二一五-〇〇〇七　川崎市麻生区向原三-一四-七
TEL　〇四四-九五三-一八二八
FAX　〇四四-九五九-一八〇三
振替　〇〇二五〇-〇-八五四七二
印刷所　厚徳社

2009 Printed in Japan
 ISBN978-4-86261-054-6 C8093